MASSIMO CARLOTTO & MAMA SABOT

TÖDLICHER STAUB

ÜBERSETZT VON HINRICH SCHMIDT-HENKEL

KRIMI
TROPEN

Tropen
www.tropen.de
Die Originalausgabe erschien unter dem Titel »Perdas de fogu«

Published by arrangement with Michaela Schwermann Literary Agency, Essen, Germany
Für die deutsche Ausgabe

Printed in Germany
Schutzumschlag: Herburg Weiland, München
Gesetzt von r&p digitale medien, Echterdingen
Gedruckt und gebunden von CPI – Clausen & Bosse, Leck
ISBN 978-3-608-50207-7

Dieses Buch ist das Ergebnis gründlicher Recherche insbesondere bezüglich der Umweltschäden durch Nanopartikel und des militärischen Sperrgebietes Salto di Quirra – Capo San Lorenzo. Da es sich hier um einen Roman handelt, sind sämtliche Figuren und Ereignisse der Fantasie entsprungen.

»… wir sind geflohen und werden weiter fliehen,
denn die Freiheit erwägt die Fahnenflucht …«

I MERCANTI DI LIQUORE

Ein Schwarm Rebhühner flatterte auf, als der kleine Geländewagen vorüberkam. Nina bremste ab, um auf eine Piste einzubiegen, die sich in der Macchia verlor. Der Stachelginster kratzte an den Seiten des Wagens entlang. Am liebsten hätte sie die Klimaanlage ausgestellt, die Fenster geöffnet und die Düfte des Sommers ungehindert hereingelassen, aber es hatte seit mindestens drei Monaten nicht mehr geregnet, und die Reifen wirbelten dicke weiße Staubwolken auf. Sie fuhr an einer von schwärzlichen Kiesadern durchzogenen Wand aus Kalkstein entlang, dann steil bergab durch ein ausgetrocknetes Bachbett. Ihre Fahrt endete vor einem rostigen Tor.

Der alte Balloi erwartete sie umgeben von seinen Hunden im Schatten einer Steineiche. Er nickte ihr zu und ging langsam zu dem verlassenen Schafstall hinüber. Die Schafe brachte er bei diesen Gelegenheiten immer weg. Nina wartete, bis der Hirte den Eingang erreicht hatte, erst danach stieg sie aus dem Wagen, öffnete die Ladeklappe und holte eine Plastikkiste heraus.

Balloi nahm seine Baskenmütze ab und wischte sich mit einem sauberen weißen Taschentuch den Schweiß von der Stirn. Sein Gesicht war wie aus Holz geschnitzt. Tiefe Falten, von der Zeit und den Mühen eines Lebens gezogen, das keine Erholungspausen kennt. Wie sein Vater und der Vater seines Vaters.

»Es ist das vierte, Frau Doktor«, sagte er leise.

Nina nickte. Sie zog ein paar Banknoten aus der Hosentasche und reichte sie ihm. »Wie geht es den anderen?«

Der Hirte zuckte mit den Schultern. »Ich glaube, gut. Sie wissen ja, ich gehe da nicht so nah ran.«

»Ich schaue nachher mal nach ihnen.«

Sie betrat den Stall und betrachtete den winzigen, am Boden liegenden Kadaver. Als Erstes machte sie ein paar Aufnahmen, dann bettete sie ihn in die mit Trockeneis gefüllte Kiste.

Balloi war weggegangen, genau wie die anderen Male, als wollte er nichts mit der Sache zu tun haben. Nina lud die Kiste ein, nahm ihre Tasche und lief zu einer kleinen Einzäunung. Zufrieden mit dem, was sie dort sah, machte sie rund zwanzig Minuten lang Notizen.

Im Schritttempo rollte sie durch das Tor hinaus. Der Hirte wanderte einen Pfad entlang, den Rücken ihr zugewandt. Nur die Hunde drehten sich um und starrten dem Geländewagen nach, bis die Macchia ihn verschluckt hatte.

Auf dem schmalen schwarzen Asphaltband der Provinzstraße mit ihren scharfen Kurven betrachtete sie die träge kreisenden weiß-roten Flügel der Windkraftanlagen.

Eigentlich hätte sie den Inhalt der Kiste sofort zu Hause in der Kühltruhe verstauen müssen, doch nachdem sie rasch überschlagen hatte, wie lange das Trockeneis hielt, beschloss sie, sich den Luxus eines Bades zu leisten .

Der Strand war menschenleer. Im Mastixgebüsch zog sie sich den Badeanzug über und lief zum Wasser. Es war kalt, bis gestern hatte der Mistral die Küste gepeitscht. Sie fröstelte. Endlich holte sie tief Luft, sprang hinein und tauchte bis zum Grund. Sie grub die Hände in den Sand, stieß sich ab und schwamm zur Oberfläche zurück.

Es war bereits der siebenunddreißigste Tag, an dem Pierre Nazzari auf dem Sofa in der Hotelhalle in Cagliari saß und so tat, als lese er Zeitung. Er kam immer kurz vor sieben und blieb bis elf. Das Personal hatte Anweisung, ihn nicht zu beachten. Alle hielten ihn für einen Bullen, doch das war er nicht. Die Carabinieri, die echten, hatten ihm gesagt, vielleicht – und sie betonten das »vielleicht« – würde hier ein Mann vorbeikommen, den nur er allein mit Sicherheit identifizieren konnte. Nach der ersten Woche hatte er gemeint, das werde wohl nie geschehen, aber die Carabinieri erinnerten ihn daran, dass er nichts Besseres zu tun hatte, als da zu sitzen. Sie hatten recht. Außerdem war es für Nazzari wichtig, ihn hier zu sehen. Die Sache abzuschließen, würde auch bedeuten, seine Rechnung mit den Bullen zu begleichen.

Um Viertel vor neun hatte er bereits die ausführlichen Berichte von den Wettkämpfen des Vortags bei den Olympischen Spielen in Peking studiert. Abgesehen vom Fußball hatte er sich nie für Sport interessiert, jetzt war er sogar über Gewicht und Länge der Wurfspeere informiert.

Eine Minute danach traten zwei gutgekleidete Männer mit verschlafenen Gesichtern aus dem Fahrstuhl und gingen in den Frühstücksraum. Ganz sicher Maghrebiner. Der Informant hatte darauf hingewiesen, dass der Gesuchte von zwei Tunesiern begleitet würde.

Pierre dachte sofort, heute könnte der Tag X sein, und konnte sich nicht mehr auf den Klatsch von der Costa Smeralda konzentrieren, eines seiner Lieblingsthemen in der Zeitung. Eine reiche Frau, schon immer Mittelpunkt der sagenhaften Nächte der Nabobs im Urlaub, hatte beschlossen, ihren Reichtum zu verleugnen, war in die Politik gegangen und wollte einen auf volksnah machen. Ein Freund und Geschäftspartner tat es ihr gleich und bot den Gästen des Lokals, das beiden gehörte, ein

Touristenmenü für zweihundert Euro pro Person an. Getränke exklusive, versteht sich. In seinem Verdruss über die fruchtlose Warterei interessierte Pierre sich krankhaft für diese Geschichte, doch jetzt hatte der Anblick der beiden Männer ihn in Alarmbereitschaft versetzt.

Zwanzig Minuten später trat der Gesuchte aus dem Fahrstuhl. Tatsächlich, es war Michele Ceccarello. Noch bevor Pierre sein Gesicht sah, erkannte er ihn an seinem Humpeln. Er selbst hatte ihn vor ein paar Jahren lahmgeschossen, als er bei einer Auseinandersetzung den Kopf verlor. Hinter der Zeitung spähte er nach Ceccarellos Gesicht, während dieser an ihm vorbeiging. Die plastischen Chirurgen hatten ganze Arbeit geleistet, aber Pierre hatte zu lange mit ihm zu tun gehabt, um manche Details nicht wiederzuerkennen, vor allem die Form des linken Ohrs. Die Stimme zerstreute dann alle restlichen Zweifel. Das an die Angestellten in der Rezeption gerichtete »Guten Morgen« hatte er lange Zeit hindurch allmorgendlich genau so gehört.

Am liebsten hätte Pierre die Ordnungskräfte angerufen und die Nachricht durchgegeben, doch er hatte klare Anweisungen. Er sollte Ceccarello und seine Komplizen beschatten und dann berichten. Der Leutnant, der die Ermittlung leitete, hatte gesagt, er würde Ceccarello zwar gern sofort festnehmen, könne es aber nicht.

Ceccarello setzte sich zu den beiden Tunesiern. Trotz seines Hinkens hatte er sich das Auftreten eines Offiziers von der Militärakademie bewahrt, mit seinem eleganten dunklen Anzug und dem nach hinten gekämmten Haar, das seine flächige Stirn und die Adlernase zur Geltung brachte.

Nach dem Frühstück kamen die drei zurück in die Halle. Sie unterhielten sich auf Französisch. Ceccarello zahlte die Zimmer in bar, dann fuhr er hoch, das Gepäck holen.

Pierre ging hinaus und stieg in seinen Wagen, um sie zu verfolgen. Hoffentlich beeilten sie sich, dachte er. Der japanische Kleinwagen, den ihm die Carabinieri zur Verfügung gestellt hatten, stand in der späten Augustsonne, und nach wenigen Minuten klebte ihm das Hemd am Leibe.

Endlich rollte eine Limousine mit verdunkelten Scheiben heran. Der Fahrer stieg aus; er war weithin als Bodyguard erkennbar. Gefolgt von einigen Kofferträgern, kamen Ceccarello und seine Freunde aus dem Hotel.

Pierre hielt sich rund dreißig Meter hinter dem Wagen und achtete darauf, nicht aufzufallen. Der andere fuhr entspannt, offenbar ohne die geringste Eile.

Er hingegen war durchaus nicht ruhig. Er fürchtete ständig, den Wagen zu verlieren oder bemerkt zu werden. Er fühlte sich nur bei Dingen sicher, die er gut beherrschte, und für Beschattungen war er nicht ausgebildet. Zum Glück war die Fahrt kurz. Nach wenigen Minuten glitt die Limousine durch die Einfahrt zum Yachthafen Marina Piccola. Pierre stellte den Wagen beim Eingang ab und mischte sich unter die Badenden und Touristen auf der Promenade, die zu den Anlegern führte.

Er zückte das Handy. Zu seinen Aufgaben gehörte es, Fotos zu machen, und bis jetzt war er nicht dazu gekommen.

Die Limousine hatte vor einer luxuriösen Motoryacht gehalten. Mehr als zwanzig Meter elegantes Kunstharz mit feinen goldenen Verzierungen. Schmale Linienführung, der Bug so scharf wie ein Stilett. Ein schwimmender Traum, der nur darum nicht sofort ins Auge fiel, weil er zwischen seinesgleichen ankerte.

Pierre zoomte die Yacht heran und machte ein paar Aufnahmen. Er prüfte die Qualität und fluchte leise zwischen den Zähnen. Ceccarello war nur von hinten zu sehen. Von der Menge getarnt, ging er vorsichtig näher, doch die drei waren schon an

Bord verschwunden. Er konnte nur noch den Namen des Schiffes festhalten, der am Rumpf prangte: *His Majesty*. Dann wurden die Motoren gestartet, und ein Matrose machte die Leinen los.

Hinter Pierre warf ein Mann den Zigarettenstummel zu Boden, nahm sein Handy und rief Ceccarello an.

»Ihr wart nicht allein«, raunte er.

»Scheiße. Wer?«

»Nie gesehen. Er steht neben den beiden Bäumen, von dir aus gesehen rechts.«

Im Schiff nahm der Humpelnde das Fernglas zur Hand und trat an eines der verspiegelten Fenster, durch die niemand hereinsehen konnte. Er stellte das Fernglas scharf. Als er Pierre erkannte, war er eher überrascht denn beunruhigt.

»Den kenne ich«, sagte er. »Pierre Nazzari, Maresciallo Pierre Nazzari, der Arsch, der mich in Afghanistan fertiggemacht hat.«

»Er hat dich erkannt … Was machen wir?«

»Er ist kein Bulle, er wird selbst gesucht. Ich glaube, er will und kann unserer Operation nicht in die Quere kommen.«

»Denkst du, der ist zufällig hier?« Der andere zweifelte hörbar daran.

»Vielleicht ja, vielleicht nein. Folge ihm und versuche, es rauszufinden. Ich ergreife solange ein paar Vorsichtsmaßnahmen.«

Ceccarello beendete das Gespräch und lächelte den beiden Maghrebinern zu, die ihn beobachteten.

»Probleme?«, fragte der eine auf Französisch.

»Absolut keine«, log der Ex-Offizier. »Alles läuft nach Plan.«

Er holte eine Flasche Wasser aus dem Kühlschrank und öffnete sie. Während er sein Glas füllte, dachte er, dass er sich bald rächen konnte, endlich. Überrascht stellte er fest, dass er darauf nicht vorbereitet war. Er hatte mittlerweile gedacht, den Hurensohn hätte er ein für alle Mal verloren. Er hatte ihn nicht so gründlich jagen können, wie er gewollt hätte, seine verschiedenen Geschäfte hinderten ihn daran.

Die Motoryacht löste sich langsam vom Anleger und drehte sich dem offenen Meer zu. Pierre ging zurück, doch nicht zum Auto, sondern er setzte sich an den Tisch einer Strandbar, von den Ortsansässigen die »Bar an der ersten Haltestelle« genannt. Seit jeher wird der Poetto, der Hausstrand von Cagliari, mit Hilfe von Haltestellen unterteilt. Die meisten der unzähligen Strandbesucher kommen mit dem Bus – eine Menge von bunten Badeanzügen, die in der Mordshitze ein erfrischendes Bad, ein bisschen Sonnenbräune und ein kaltes Getränk in einer der Bars suchen.

Er bestellte sich ein Bier. Und genau das täuschte den Mann, der ihm gefolgt war. Für ihn war klar, wenn Nazzari etwas mit den Bullen zu tun hätte, würde er sie sofort anrufen, stattdessen saß er seelenruhig unter einem Sonnenschirm und blickte aufs Meer. In Wahrheit war Pierre aufgewühlt und hatte das Bier bestellt, um sich zu beruhigen. Ceccarellos Anblick hatte ihn an Afghanistan erinnert und alle anderen Gedanken sofort verdrängt, denn dort unten war sein Leben kaputtgegangen.

Nazzari und Ceccarello waren einst Geschäftspartner gewesen, im Sold eines örtlichen Warlords, der verhindern wollte, dass die Aktivitäten der italienischen Truppen seinen im Operationsgebiet gelegenen Opiumanbau störten. Dann verriet Ceccarello dem afghanischen Chef den Namen des Informanten eines anderen Militärs. Der Mann wurde umgebracht, mitsamt seiner ganzen Familie. Leider hatte er Nazzari regelmäßig Schwarzen Afghanen beschafft, den Pierre seinerseits an die Fallschirmjäger der Fremdenlegion verkaufte, die ihn wiederum in die Flieger nach Frankreich luden. Die beiden Partner zerstritten sich deswegen, Pierre verlor den Kopf, packte sein Maschinengewehr beim Lauf, schlug Ceccarello erst nieder und zerschmetterte daraufhin sein rechtes Bein. Er ließ sich von den Legionären aus dem Lager schmuggeln und floh über Pakistan nach Kroatien. Dort glaubte er sicher zu sein, da die Sache es nie in die Zeitungen geschafft hatte. Ganz und gar beruhigt war er allerdings erst, als er von seinen französischen Freunden erfuhr, dass Ceccarello aus dem italienischen Krankenhaus verschwunden war, nachdem man ihn gewarnt hatte, dass die Staatsanwaltschaft einen Haftbefehl gegen ihn vorbereitete. Obwohl die Sache nie publik geworden war, hatte sie ihren gesetzlich vorgeschriebenen Lauf genommen, und Pierre war in Abwesenheit zu glatten zwanzig Jahren verurteilt worden.

Unterdessen war er in Dubrovnik im Hause von Zlatka untergekommen, einer Kellnerin in den Vierzigern, die er in seinem Stammlokal kennengelernt hatte. Sie hatten begonnen, miteinander zu plaudern, und waren schließlich im Bett gelandet. Nicht die große Liebe, eher die Begegnung zweier, die nach Zuneigung dürsteten. Sie hatte eine missglückte Ehe hinter sich, er fühlte sich wie ein Schiffbrüchiger, der sich ein neues Leben aufbauen musste. Zum Glück hatte er einige Ersparnisse, damit konnte er sich das Schweigen und die Hilfe eines örtlichen Polizisten erkaufen und brauchte nicht zu arbeiten.

Eines Morgens, er frühstückte gerade in der Bar, tauchten zwei Italiener auf, setzten sich an seinen Tisch und ließen ihn äußerst diskret ihre Dienstausweise sehen: Carabinieri. Er leugnete, Pierre Nazzari zu sein, und hielt ihnen seinen auf einen gewissen Marco de Rossi, Journalist aus Verona, ausgestellten Pass hin. Der Ältere der beiden, Capitano Porrà, nahm ihn zur Hand und verzog anerkennend den Mund. »Gar nicht schlecht gemacht, den kannst du sogar behalten. Nenn dich ruhig weiter so.«

»Ich verstehe nicht«, stotterte Pierre.

»Ich erklär dir mal, wie wir die Sache sehen«, meinte der Offizier. »Für uns sind Deserteure in etwa dasselbe wie Nutten. Wenn wir sie um einen kleinen Gefallen bitten, müssen sie zusehen, dass sie ihn uns schnell erfüllen.«

»Ein Auslieferungsverfahren dauert wahnsinnig lange …«

Porrà wedelte mit dem Handy. »Das dauert genau einen Anruf. Wir haben hervorragende Verbindungen zur kroatischen Polizei, und nach der Staatsanwaltschaft fragt kein Mensch.«

Sie steckten ihn in ein Flugzeug und brachten ihn nach Italien. In Venedig stiegen sie in eine Maschine nach Cagliari um, in der andere Militärs unter der Leitung von Tenente Deidda ihn übernahmen. Sie stellten ihm eine Wohnung zur Verfügung, einen Wagen, ein Handy und Spesen. Und so wurde Pierre Nazzari alias Marco de Rossi ein inoffizieller Mitarbeiter. Seine Aufgabe war es, den früheren Maggiore Ceccarello zu identifizieren und zu verfolgen, der mittlerweile in sehr viel gefährlicheren Kreisen als den afghanischen tätig war; Kreisen, in denen die organisierte Kriminalität eine große Rolle spielte, außerdem Nachrichtendienste verschiedener Länder und in jüngerer Zeit gegründete Banden professioneller Gewalttäter, Söldner, die sich bei jedem verdingten, der ordentlich zahlte. Gerade die Gefahr, in schwer kalkulierbare, gefährliche Situationen zu geraten, hatte die Carabinieri dazu bewogen, sich Ceccarello möglichst diskret zu nähern. Pierre hatte man im Gegenzug für seine Kooperation die Möglichkeit in Aussicht gestellt, außer Landes zu kommen und nicht weiter gestört zu werden, allerdings derart vage, dass er selbst keine Sekunde daran glaubte. Jetzt, da er die Mission erfüllt hatte, würde er endlich feststellen können, wie realistisch dieses Versprechen war. Nur die Angst, tatsächlich eine professionelle Nutte geworden zu sein, hielt ihn von diesem Anruf ab.

Vollends beruhigt rief sein Verfolger Ceccarello an. »Er trinkt Bier und schaut aufs Meer.«

»Ich sag's ja: ein Arschloch, aber ungefährlich. Trotzdem, bleib an ihm dran. Ich will wissen, wo er wohnt und was er so macht.«

Der Mann suchte die Toiletten auf. Pierre ging unterdessen zu seinem Wagen. Er stand in der Sonne und wählte die Nummer, die ihm die Carabinieri gegeben hatten.

Als der andere an Nazzaris Tisch ein Touristenpärchen sitzen sah, war er kurz verblüfft. Ohne zu zögern lief er zu seinem vor der Bar abgestellten Moped. Er ließ es an, gab Gas, und schon hatte er Nazzari gefunden, der geduldig vor einem überfüllten Kreisverkehr wartete. Er folgte ihm bis zum Markt San Benedetto. Dort parkte Nazzari und kaufte Brot und Obst, um dann ein altes Mietshaus zu betreten.

Pierre füllte Wasser in seinen Pastatopf, machte den Herd an und mischte sich einen Martini. Vor seiner Zeit beim Militär hatte er in einer Edelbar gearbeitet und sich zum Barkeeper ausbilden lassen. Er drehte das Glas in den Händen und fragte sich zum x-ten Mal, warum er sich eigentlich damals freiwillig gemeldet hatte. Wäre er bei den Aperitifs und Longdrinks geblieben, er wäre nie so in die Scheiße geraten. Doch wie immer, wenn er darüber nachdachte, wurde ihm klar, dass der Fahneneid die beste Möglichkeit gewesen war, um nicht restlos dem Koks zu verfallen, das an seiner früheren Arbeitsstelle in großen Mengen konsumiert worden war. In Wirklichkeit war er aber auch für die Armee nicht geeignet. Er hatte sich ausschließlich wegen des höheren Soldes nach Afghanistan gemeldet und weil er sicher war, dass er dort eine ruhige Kugel schieben und mit Drogenhandel schön etwas dazuverdienen konnte.

Er aß einen Teller Spaghetti mit der Soße, die er tags zuvor gekocht hatte. Ein Rezept seiner Großmutter väterlicherseits.

Seine Mutter war Belgierin und hatte den italienischen Gaumen ihres Mannes, eines Minenarbeiters, nie zufriedenstellen können. Vielleicht war das auch der Grund dafür gewesen, dass er sich ohne Rücksicht auf Verluste von ihr getrennt hatte und mit dem Sohn nach Italien zurückgekehrt war, während die Mädchen, Zwillinge, in Vottem geblieben waren. Als er starb, wuchs Pierre bei den Großeltern auf. Von seinem Vater war ihm nichts geblieben als das Geheimnis eines guten Sugo.

Er legte sich aufs Sofa und baute sich zur besseren Verdauung einen Joint. Der Schwarze Afghane, das war besseres Zeug gewesen als das hier. Dieser Super Skunk, den man in Cagliari bekam, war mit Sicherheit genmanipuliert, und wenn man übertrieb, wirkte er wie synthetische Pillen. Er übertrieb, um den Stress des Wartens zu mildern.

Pierre hatte die Gewohnheit, den Fernseher laufen zu lassen, während er sich rasierte. Am nächsten Morgen hatte er einen Lokalsender eingestellt. Wenn etwas in der Gegend passierte, brachte der es immer als Erster, und so war denn auch das Erwartete der Aufmacher der Acht-Uhr-Nachrichten.

»Den Ermittlungsbehörden ist gestern der größte Schlag gegen den Drogenhandel seit Jahren gelungen«, berichtete der Sprecher. »Hochsee-Einheiten und Drogenfahnder der Finanzpolizei brachten hundert Seemeilen südlich von Cagliari in internationalen Gewässern einen Fischkutter auf, der fünfeinhalb Tonnen Haschisch geladen hatte. Elf Personen wurden festgenommen.«

Pierre ließ den Rasierer ins Waschbecken fallen und lief zum Fernseher. Fünfeinhalb Tonnen, das war wirklich eine Menge. Neugierig wartete er, dass die anderen Nachrichten durch waren und der Sprecher auf die Meldung mit dem Fischkutter zurückkam.

»Im Rahmen der Sonderkontrollen gegen illegale Einwanderung auf dem Seewege durchsuchte die Hochsee-Einheit der Finanzpolizei von Cagliari letzte Nacht einen Fischkutter, an dessen Bord sie eine Rekordmenge an Drogen im Verkaufswert von rund fünfzig Millionen Euro entdeckte. Den Ermittlungsbehörden zufolge handelt es sich dabei um den größten Schlag gegen den Drogenschmuggel in Italien seit Jahren. Die Menge entspricht allein rund einem Viertel der in diesem Jahr landesweit von der Finanzpolizei sichergestellten leichten Drogen. Während der Beschlagnahme gab es leichtere Auseinandersetzungen, als einige Seeleute Widerstand leisteten, doch hatte die Antidrogeneinheit die Lage rasch im Griff und konnte die gesamte Besatzung in Gewahrsam nehmen, insgesamt elf Personen, darunter zwei bereits polizeibekannte Tunesier. Gegenwärtig werden Identität und Nationalität der übrigen Festgenommenen überprüft.«

Fotos der Besatzung wurden gezeigt. Pierre erkannte die beiden Männer aus dem Hotel wieder, nur Ceccarello war nicht dabei. Weder das Gesicht von früher noch das vom plastischen Chirurgen hergestellte. Während des gesamten Berichts fiel kein einziges Mal der Name der Yacht, den er den Carabinieri durchgegeben hatte. Offenbar hatte Ceccarello die Operation von Bord der *His Majesty* aus geleitet und sich rechtzeitig abgesetzt.

Und genauso war es gelaufen. Dass Nazzari im Hafen gesichtet wurde, ließ Ceccarello besonders vorsichtig sein. Möglichst eilig hatte er die Tunesier auf den Kutter umsteigen lassen, dem er selbst gut zwanzig Meilen vorausfuhr. Jetzt telefonierte er mit seinem Handlanger, der Pierre beschattete, einem ehemaligen Söldner, der im Irak gewesen war. Früher hatte er als Rausschmeißer in Diskotheken gearbeitet, doch als das Gerücht umging, in der Region Florenz sei ein Anwerber unterwegs, meldete er sich sofort. »Geld und Abenteuer«, hatte er seinen Freunden erklärt. Inzwischen ließ er sich Franchino nennen.

»Ich weiß, wo er wohnt. Wenn du willst, mach ich ihn fertig, das Stück Scheiße«, zischte er ins Handy.

»Abwarten«, entgegnete Ceccarello. »Wir müssen erst rausfinden, für wen er arbeitet. Meine Informanten sagen, der Tipp an die Finanzpolizei kam von einer anonymen Quelle, außerdem aus Rom, nicht aus Cagliari.«

»Vielleicht vom Geheimdienst …«

Ceccarello legte auf. Franchinos Annahme ergab keinen Sinn, denn die Information stammte eben von einem Geheimdienstler, und auch der hatte bei der gescheiterten Operation schwere Verluste erlitten.

Pierre blieb den ganzen Tag über zu Hause. Die Carabinieri riefen selten an. Wenn sie ihm etwas mitteilen wollten, kamen sie zu ihm. So auch früh am nächsten Morgen. Tenente Deidda warf drei Lokalblätter auf den Küchentisch, deren Titelseiten dem großen Coup gewidmet waren.

»Gut gemacht.« Er tätschelte ihm die Wange.

»Aber Ceccarello ist davongekommen.«

»Mach dir um den keine Gedanken.«

»Ihr habt mich aus Dubrovnik hierhergeschleppt, und jetzt soll ich mir keine Gedanken machen?«

»Nein«, antwortete der Offizier, »das geht dich nichts mehr an.«

»Dann sind wir wohl quitt?«, traute Pierre sich zu fragen. »Und können uns Lebewohl sagen …«

Deidda grinste vielsagend. »Wir sind mit dir fertig. Aber du kriegst eine andere Aufgabe zugeteilt.«

Pierre gingen die Nerven durch. Er beschimpfte Deidda, bis

der ihn bei der Gurgel packte und an die Wand drückte: »Hast du vergessen, was Capitano Porrà über Huren und Deserteure gesagt hat?«

Nazzari bekam keine Luft mehr und konnte nur nicken.

»Du hast zwanzig Jahre Militärstrafe abzusitzen«, fuhr der Tenente fort. »Dass du jetzt nicht in Santa Maria Capua Vetere oder schlimmer noch in Gaeta sitzt, ist ein Geschenk des Himmels, das du nicht verdienst. Du hast die Uniform verhöhnt, du Dreckstück.«

Der Carabiniere ließ ihn los, und Pierre rutschte zu Boden, hustend und um Luft ringend. Deidda kritzelte eine Adresse auf die Ecke einer Zeitungsseite. »Morgen früh um neun. Pünktlich.« Er steckte das geliehene Handy ein, dann die Autoschlüssel. Schließlich nahm er die Geldkarte aus Nazzaris Portemonnaie.

»Die Wohnung kannst du erstmal behalten.«

Er schloss leise die Tür hinter sich. Pierre rappelte sich auf, wankte zum Waschbecken und ließ sich kaltes Wasser über den Kopf laufen. Im Grunde hatte er immer gewusst, dass sie nie geplant hatten, ihn laufen zu lassen. Jetzt warf diese Gewissheit allerdings eine Frage auf: An dem Tag, da sie keine Verwendung mehr für ihn hatten, was wurde dann aus ihm? Er blickte auf seine Hände. Sie zitterten.

Nazzari erschien pünktlich am angegebenen Ort. »Ich will zu Sebastiano«, sagte er der jungen Frau hinterm Tresen des *Flamingo*.

»Er ist noch nicht da.« Sie goss einem Kind einen Ananassaft ein. »Du bist Marco, der Neue?«

Pierre antwortete nicht, fragte sich aber, woher das Mädchen seinen Decknamen kannte.

»Ich bin Cristina.« Sie wandte sich zur Kaffeemaschine und

machte einen Cappuccino. »Einen, der sich mit Cocktails auskennt, können wir wirklich gut brauchen«, sagte sie. »Sebastiano hat viel investiert, damit die Bar das richtige Image kriegt. Gemütlich, aber nicht zu exklusiv … Verstehst du? Morgens und nachmittags Familien, abends und nachts ein gepflegtes Publikum, das relaxt essen, trinken und tanzen will.«

Pierre sah sich verblüfft um. Die Gäste saßen unter großen weißen Sonnenschirmen oder lagen in ringsherum angebrachten Hängematten. Er hätte einen oder mehrere Bullen erwartet und nicht gedacht, tatsächlich als Barkeeper angestellt zu werden. Er betrachtete Cristina. Zwanzig, zweiundzwanzig Jahre. Hübsch. Wahrscheinlich puderte sie sich gern das Näschen, sie war allzu aufgekratzt, das war nicht nur jugendlicher Schwung.

»Heute ist schwer was los.« Sie holte ein Blech mit Croissants aus dem Ofen. »Die *Logouts* spielen am Abend. Kennst du die?«

»Nein.«

»Werden dir gefallen, die sind total super. Sie mischen alle möglichen Stilrichtungen, von Surf bis Garage, dazu Soundtracks von Krimis aus den Siebzigern …«

Dann deutete sie mit dem Zeigefinger hinter ihn: »Da kommt Sebastiano!«

Pierre stand vor einem rund Fünfundvierzigjährigen, schmal und mittelgroß, aber mit definierten Muskeln, graumeliertem Haar und Bärtchen, der ihm die Hand gab und ihm bedeutete, er solle ihm folgen.

»Keine Ahnung, wer du bist und was du eigentlich in meiner Bar sollst«, setzte er an. »Vergiss nur eins nicht, ich hab hier alles reingesteckt, was ich hatte, und ich hab keine Lust auf Ärger.«

»Was soll ich denn tun?«

»Sie haben gesagt, du bist hinterm Tresen zu gebrauchen, um Cocktails zu mischen. Angeblich bist du sogar richtig gut.«

»Und was erzählen sie sonst noch?«

»Das erfährst du am besten von den beiden in dem weißen Alfa da draußen.«

Nazzari schaute zu dem Wagen hinüber. Der Typ am Steuer winkte ihm gelangweilt.

Noch so welche von Deiddas Sorte, dachte er.

»Komm heut Abend gegen sechs wieder, dann kannst du alles für den Apero vorbereiten«, sagte Sebastiano.

Nazzari setzte sich in den Alfa, der langsam losrollte. Die Temperatur im Innenraum war perfekt geregelt, doch es stank nach Rauch und Schweiß. »Tore«, stellte sich der Mann auf dem Beifahrersitz vor. »Und das da ist Mario. Einfache Namen, die kann sogar ein Arschgesicht wie du sich merken.«

Pierre blieb still. Er hatte nichts zu sagen. Die Bullen waren alle gleich: Erstmal mussten sie klarmachen, dass sie das Kommando hatten. Mit der Zeit wurden sie dann weniger pissig.

»Du arbeitest für Sebastiano Trincas, sagst ihm allerdings nicht, was du für uns tust«, erklärte Tore. »Wir trauen ihm nicht, haben ihn aber bei den Eiern. Er kann uns nichts abschlagen. Genau wie du.«

Tore sah ihn im Rückspiegel an. Er war klein und schmächtig gebaut, die schwarzen Haare nach hinten gegelt. Pierre dachte, er konnte nur um Haaresbreite größer sein, als bei der Musterung zum Carabiniere verlangt wurde. Der andere, der sich Mario nannte, war zwanzig Jahre jünger und körperlich gut beieinander, ein typischer Handlanger. Tore schlug einen grünen Aktendeckel auf, holte eine Fotografie hervor und hielt sie Nazzari hin. Das Gesicht einer hübschen Fünfunddreißigerin, Haar und Augen pechschwarz, volle Lippen, kleine, fein geschnittene Nase.

»Maria Antonietta Tola«, erklärte er. »Allgemein Nina genannt.

Tierärztin. Stammgast in Sebastianos Bar. Du wirst sie im Auge behalten! Am besten, du freundest dich mit ihr an.«

Nach einer Weile auf der Schnellstraße bog der Wagen auf eine Provinzstraße ein. »Wohin fahren wir?«, fragte Pierre.

»Nach Villaputzu«, antwortete Tore. »Da wohnt sie.«

Vierzig Minuten später verlangsamten sie bis fast auf Schrittgeschwindigkeit und fuhren an einem kleinen Einfamilienhaus am Rande des Ortes vorbei. Anonym, anspruchslos, ein kleiner Garten, der Rasen davor von der Trockenheit vergilbt.

»Hier wohnt sie«, erklärte Toro. »Als sie vor acht Monaten hergezogen ist, hat sie eine erstklassige Alarmanlage installieren und die Kellertür panzern lassen. Wir haben uns bei dem Unternehmen, das die Arbeiten ausgeführt hat, einen Zweitschlüssel besorgt. Du kommst ohne Probleme rein.«

»Was soll ich suchen?«, fragte Pierre.

»Das, was im Keller ist.«

»Und was ist das?«

»Keine Sorge, das wirst du schon sehen.« Tore wandte sich zum Fahrer. »Mario, hast du jemals einen Tierarzt ohne Hunde gesehen? Mit der Tante kann doch was nicht stimmen.«

Mario antwortete auf Sardisch. Sie fingen an herumzublödeln, und Nazzari nutzte die Gelegenheit zum Nachdenken.

»Und wenn sie mich erwischen?«, fragte er unvermittelt.

Tore zuckte mit den Schultern. »Das wird schon nicht passieren.«

Sie fuhren nach Cagliari zurück und setzten Nazzari auf einem Parkplatz neben einem alten Panda mit Vierradantrieb ab.

»Das da ist dein Wagen. Im Handschuhfach liegt ein Handy.«

»Ich habe kein Geld.«

Tore zog einen Umschlag aus der Innentasche seiner Jacke. »Hier, sieh zu, dass du damit auskommst.«

Ein Wodka Lemon und drei Gin Tonic waren die ersten Cocktails, die Pierre an diesem Abend unter Sebastiano Trincas' wachsamen Blicken zubereitete.

»Der kennt sich aus«, bemerkte er so laut zu Cristina, dass Pierre es hören konnte.

»Gut so«, meinte die junge Frau. »Heut Abend wird ganz schön was weggehen.«

»Ciao, Nina«, grüßte Sebastiano, und Nazzari wandte rasch den Kopf. Tatsächlich, es war die Tierärztin. Der weiße Leinenanzug brachte ihre Bräune gut zur Geltung. Er beobachtete sie, während er mit dem Shaker hantierte. Er war nie besonders geschickt darin gewesen, ein Gespräch vom Zaun zu brechen, schon gar nicht mit Frauen. Zum Glück schaltete Cristina sich ein. »Nina, das ist Marco, unser neuer Barkeeper, der macht Wahnsinnscocktails.«

Nina lächelte. »Dann will ich sofort einen. Was empfiehlst du mir?«

»Lass mal überlegen.« Er dachte nach, was ihr schmecken mochte, nahm eine Flasche Cachaça, goss ein Glas halbvoll, dann fügte er Rohrzucker und gewürfelte Limette hinzu.

»Eine Caipirinha«, erkannte sie.

»Magst du das?«

»Na ja, verrückt bin ich nicht gerade danach.«

»Ich kann dir gern was anderes machen.«

»Nein, für den Anfang ist das okay. Aber danach möchte ich einen Negroni.«

»Gut. Dann geht der hier aufs Haus.«

Nina nahm das Glas und mischte sich unter die Gäste. Pierre beobachtete sie weiterhin und kam zu dem Schluss, dass sie niemanden näher kannte. Falls sie Freunde hatte, waren die noch nicht hier. Sie zündete sich eine Zigarette an, und die Art und Weise, wie sie das tat, gefiel ihm.

Obwohl die Sonne schon untergegangen war, lastete die Hitze unverändert auf ihnen. Nina trank zwei Negroni und rauchte ziemlich viel, bis die Lichter zum Konzert gedimmt wurden. Unterdessen waren viele junge Leute gekommen, die vor allem Bier tranken. Cristina öffnete eine Flasche nach der anderen, fast wie Charlie Chaplin als Fließbandarbeiter in *Modern Times.*

»Seit wie vielen Stunden arbeitet Cristina eigentlich schon?«, fragte er Sebastiano.

»Sie entscheidet selbst, wie lange sie arbeitet. Ich zahle stundenweise, und morgen ist ihr freier Tag«, antwortete Trincas gereizt. »Außerdem, was geht's dich an? Bist du von der Gewerkschaft?«

Schreie und Pfiffe empfingen die Band auf der Bühne. Der Sänger entrollte die sardische Fahne mit den vier Mohren und schwenkte sie vor dem Publikum, das laut applaudierte.

»Cagliari! Verfickte Stadt! Wir lieben dich!«, schrie er ins Mikro.

Das Konzert dauerte mehrere Stunden lang, die Bar wurde bis drei Uhr früh regelrecht belagert. Nina war schon vor einiger Zeit verschwunden, und Pierre war müde. »Na, dann bis morgen«, sagte er irgendwann.

»Wir sind noch nicht fertig«, entgegnete Trincas. »Erst müssen wir den Kühlschrank auffüllen.«

Tatsächlich kam trotz der späten Zeit kurz darauf ein Lieferwagen mit Bier- und Limokästen. Endlich klappten sie die Schirme zusammen, stapelten Tische und Stühle auf und sicherten sie mit einer Kette.

»Kann ich dich was fragen?«, wagte Nazzari.

»Solange die Antwort nicht lang sein muss und nichts mit Tore und Mario zu tun hat.«

»Schade, genau um die beiden geht es.«

»Dann vergiss es.«

»Ich bin in derselben Lage wie du«, platzte Pierre heraus. »Sie haben mich auch an den Eiern.«

Der Sarde seufzte. »Was willst du wissen?«

»Was für Bullen sind das? Finanzpolizei, Antiterror …?«

»Tore Moi und Mario Cannas sind keine Bullen. Das heißt, sie waren mal welche. Einer war bei der Finanzpolizei, der andere im Strafvollzug. Jetzt arbeiten sie privat«, erklärte Sebastiano. »Seit einiger Zeit beschäftigen sie sich mit Abhöraktionen. So haben sie mich drangekriegt.«

Pierre war wie versteinert. Was bedeuteten diese Informationen für ihn? »Und für wen arbeite ich dann?«, stotterte er.

»Keine Ahnung. Aber Tore ist kein billiger Handlanger. Hinter dem steht mit Sicherheit einer, der in der Stadt was zu sagen hat.«

Nazzari kehrte nach Hause zurück und gönnte sich eine ausgiebige kalte Dusche, die zwar die Schläfrigkeit wegspülte, aber nicht die Erschöpfung. Er machte sich einen starken Espresso, zog sich um und ging los. Beim Militär hatte er gelernt durchzuhalten.

Kurz nach halb acht öffnete sich das Tor ihres Hauses und entließ einen kleinen, verstaubten Geländewagen. Nina sah anders aus als am Abend zuvor. Die Haare zusammengebunden, ausgebeulte Jeans, Bergschuhe und ein kurzärmeliges Holzfällerhemd, vorm Bauch zusammengeknotet. Sie fuhr mit mäßiger Geschwindigkeit. Zehn Kilometer hinter dem Ort bog sie auf einen unasphaltierten Weg ein.

Hier brach Pierre die Verfolgung ab, fuhr zurück und stellte den Wagen in den Schatten eines Eukalyptusbaums, rund fünfzig Meter vom Haus entfernt. Eine Sporttasche, die er im Kofferraum gefunden hatte, über der Schulter, ging er zum Tor.

Er fürchtete, verdächtig zu wirken, doch weder auf der Straße noch an den Fenstern der wenigen umliegenden Häuser war ein Mensch zu sehen. Dank der Schlüssel und Hinweise, die er von Tore hatte, gelangte er flink und leise ins Haus. Das Wohnzimmer war spartanisch eingerichtet, wahrscheinlich wurde das Haus voll möbliert vermietet. Nazzari war enttäuscht, er hatte sich eine warme, gemütliche Atmosphäre erhofft, wie nur eine Frau sie zustande bringt. Wehmütig dachte er an Zlatkas Wohnung, an all die sorgfältig gestalteten Details, obwohl sie mit ihrem Kellnerinnengehalt auskommen musste.

Pierre ging die Kellertreppe hinunter und stand vor einer gepanzerten Tür. Vier Umdrehungen mit dem Doppelbartschlüssel, und die Tür schwang an perfekt geschmierten Scharnieren auf. Lange Neonröhren beleuchteten einen fensterlosen Raum, der wie ein Labor aussah. Er stellte sich in die Mitte des Kellers und versuchte sich darüber klar zu werden, was er suchen sollte. Ein Schreibtisch, ein Arbeitstisch mit Mikroskop und anderen Geräten, an zwei Wänden Bücherregale voller dicker Bände, Hefte und Ordner, in einer Ecke eine Kühltruhe. Pierre ging hin und klappte den Deckel auf. Drinnen befanden sich vier kleine Plastikkisten, hermetisch geschlossen. Er nahm eine heraus und stellte sie auf den Tisch. Erst konnte er den Inhalt nicht ganz identifizieren. Offenbar handelte es sich um ein kleines Tier, möglicherweise ein Lamm, aber irgendetwas daran war seltsam. Ihm fehlten die Augen, an deren Stelle saßen zwei Öhrchen. Er sah auch in den anderen Kisten nach: noch drei solche Monster. Er machte ein paar Fotos mit dem Handy. Pierre war erschüttert und verwirrt. Er hatte erwartet, Drogen oder Hinweise auf anderes Illegales zu finden, stattdessen gab es hier nur diese Kisten und Bücher. Dann fiel ihm der Laptop auf dem Schreibtisch ins Auge. Er schaltete ihn an, in der Hoffnung, kein Passwort zu benötigen. Und er hatte Glück. Auf dem Desktop erschien ein Foto. Nina und drei weitere Frauen lächelten ins Objektiv, alle drei in weißen Kitteln. Auf einem Schild rechts neben ihnen war zu lesen, dass sie sich in der Universität von Löwen befanden.

»Belgien. Da haben wir was gemeinsam«, murmelte er und zog die Maus auf den Ordner »Dokumente«, der dick mit Dateien vollgepackt war. Pierre suchte in den Schubladen nach einer unbespielten CD, fand dann aber etwas Besseres: zwei brandneue USB-Sticks. Er kopierte alles und steckte den Laptop in die Tasche. Er hatte beschlossen, auf Nummer sicher zu gehen. Schließlich durchsuchte er die Bücherregale, die jedoch ausschließlich wissenschaftliche Literatur enthielten, hauptsächlich auf Französisch oder Englisch.

Er kehrte ins Wohnzimmer zurück, ohne die Kellertür zu schließen. Das hatte Tore so angeordnet, und auch, dass er außerhalb des Kellers nichts anrührte. Nina sollte erkennen, dass da keine gewöhnlichen Einbrecher am Werke gewesen waren. Doch Nazzari war neugierig. Er lief die Treppe in den ersten Stock hinauf und betrat das Schlafzimmer. Kalt und unpersönlich wie das Wohnzimmer unten. Er zog die Schubladen auf. Alles perfekt ordentlich, und der große Stoffüberwurf, der als Tagesdecke diente, war so faltenlos gezogen, dass er aussah wie gemalt.

Ohne zu begreifen warum, war er immer enttäuschter. Vielleicht suchte er etwas, das zeigte, was für ein Mensch Nina war. Sie rauchte und trank wie ein Hafenarbeiter, fuhr einen verdreckten Geländewagen, aber ihr übriges Leben wirkte kalt und rational. Er verließ das Haus, ohne den Alarm wieder anzustellen, ebenfalls ein Befehl von Tore. Wahrscheinlich würde Nina dieselbe Firma erneut mit der Installation einer Alarmanlage beauftragen und Tore den Code wieder von der Firma bekommen.

»Alarmanlagen helfen eben nur gegen nichtautorisierte Einbrecher«, hatte Tore gescherzt.

Spätvormittags kam Mario auf einen Parkplatz beim Hausstrand zur Übergabe. Er telefonierte mit dem Handy, während er langsam heranrollte, bedeutete Pierre mit einem Nicken, er solle die Tasche auf den Rücksitz legen. Dann fuhr er weiter, ohne das Telefonat zu unterbrechen.

In der Bar herrschte Aufruhr. Unzugänglich für die Bemerkungen der Gäste stand Sebastiano Trincas da, die Arme verschränkt und mit entschlossenem Gesichtsausdruck, während er die Arbeiter beobachtete, die eine Leuchtreklame mit dem neuen Namen des Lokals anbrachten: *Un posto al sole* – der Titel einer beliebten Seifenoper.

»Die Gäste werden sich dran gewöhnen oder den Laden einfach weiter *Flamingo* nennen«, meinte Sebastiano, als Pierre hinter den Tresen ging. »Gloria, meine Frau, ist ein fanatischer Fan der Serie. Nie im Leben würde sie eine Folge verpassen, da könnte die Welt einstürzen, und ich dachte, das ist ein nettes Geschenk.«

»Die Bar gehört doch dir«, meinte Nazzari perplex, während er die Flaschen zusammenstellte.

Franchino beobachtete die Szene vom Sitz seines Mopeds aus und erstattete Ceccarello Bericht. »Er ist in ein Haus eingebrochen und arbeitet als Barkeeper in einem Strandlokal«, sagte er. »Seine Auftraggeber sind vermutlich zwei Typen, die mit Sicherheit irgendeiner Organisation angehören, mir ist nur noch nicht klar, was für einer.«

Ceccarello erwog die Situation gründlich. »Finde heraus, wer sie sind«, befahl er. »Wahrscheinlich dieselben, die uns den Deal neulich versaut haben.«

»Apropos, sind die Tunesier noch sauer?«

»Alle sind sauer, die Tunesier, die Sizilianer, die Kunden … Sie haben einen Haufen Geld verloren. Jetzt kommt es darauf an, klarzukriegen, was schiefgelaufen ist.«

Nina ließ sich an diesem Abend nicht blicken. Am nächsten auch nicht. Am dritten kam sie zum Aperitif. »Einen Negroni«, bestellte sie leise.

Pierre lächelte ihr zu, doch sie hatte nur eine Grimasse für ihn übrig. Sie war ungekämmt, hatte nicht mal den Schatten eines Make-ups aufgelegt und roch nach Schweiß. Völlig fertig.

»Alles in Ordnung?«, fragte er liebenswürdig, als er ihr das Glas hinstellte.

Nina schüttelte den Kopf. »Nein«, antwortete sie, »ganz und gar nicht.«

Sie trank drei Negroni. Als sie den vierten bestellte, war sie schon total hinüber. Pierre trocknete sich die Hände ab und kam hinter dem Tresen hervor.

»He, wohin gehst du?«, schrie Sebastiano. »Der Laden ist voll!«

Nazzari deutete mit dem Kinn auf Nina. »Ich muss mich um sie kümmern.«

Die Art, in der er »muss« sagte, ließ Trincas erkennen, warum Pierre hier war. Trotz der Sympathie, die er für die Tierärztin empfand, seufzte er erleichtert auf. Seit Tore Moi ihn angewiesen hatte, Nazzari als Barkeeper einzustellen, befürchtete er, es gehe darum, einen Kokaindealer hochzunehmen, der für einen bestimmten monatlichen Betrag das Exklusivrecht hatte, in seiner Bar zu dealen. Er nahm sein Handy und rief ihn an. Das Geschäft konnte am Abend endlich weitergehen.

Nazzari fasste Nina unter. »Komm, wir gehen ein paar Schritte.«

Sie sträubte sich. »Lass mich los, Arschloch«, zischte sie, »ich will weitertrinken.«

»Du bist besoffen. Und ich bin ein Fachmann für Besoffene, lass mich dir helfen.«

Er führte sie zu einer Hängematte und half ihr, sich hineinzulegen. Sofort schlief Nina ein. Er legte ihr die Handtasche auf den Bauch und faltete ihre Hände darüber.

»So haben die Drinks noch nie bei ihr eingeschlagen«, meinte Sebastiano. »Muss ein schlimmer Tag gewesen sein.«

»Ja, das haben wir alle mal«, seufzte Nazzari und schnitt eine Scheibe Ananas als Deko für eine Piña Colada zurecht.

Als sie die Bar schlossen, schlief Nina immer noch. Pierre machte es sich auf einem Plastikstuhl bequem. Ein angenehm kühler Windhauch streifte ihn. Eine herrliche Nacht, trotzdem hätte er lieber zu Hause im Bett gelegen. Er brauchte dringend wieder einmal einen erholsamen Schlaf.

»Sie haben mir alles geklaut«, sagte sie irgendwann ins Dunkle.

»Seit wann bist du schon wach?«, fragte er, ohne auf ihre Bemerkung einzugehen.

»Eine ganze Weile schon«, gab sie zu. »Hast du gehört, was ich gesagt habe?«

»Ja.«

»Ein Hurensohn oder mehrere sind bei mir eingebrochen und haben den Laptop mit all meinen Forschungsergebnissen mitgehen lassen.«

»Hast du keine Sicherungskopie?«

»Doch, natürlich. Das Problem ist nur, jetzt hat jemand anderes meine Daten, und das Unternehmen, für das ich arbeite, wird mir den Kopf abreißen.«

»Entlassen sie dich?«

»Viel schlimmer. Ich fürchte, ich kann die Forschungsstelle an der Uni vergessen.«

»Hier in Cagliari?«

Sie zündete sich eine Zigarette an. »Lebst du hinterm Mond oder was? Weißt du nicht, wie die Unis in Italien funktionieren?«

»Eine ungefähre Vorstellung habe ich schon. Wo denn dann?«

»In Belgien.«

»Wenn der Job dir zusteht, warum solltest du ihn nicht kriegen?«

»Weil das Forschungsprojekt zu großen Teilen von der Firma finanziert wird, für die ich hier arbeite«, antwortete sie. »Für die Arbeit des Labors mussten eben ein paar Instrumente angeschafft werden.«

»Und wenn du so tust, als ob nichts passiert wäre?«

»Das war auch erst meine Idee, aber die Diebe wollten mir klarmachen, dass sie es einzig und allein auf meine Arbeit abgesehen hatten.«

»Und was können die Diebe mit deinen Forschungen anfangen? Wahrscheinlich war es nur irgendein Scheiß-Junkie, der den Laptop längst gegen ein paar Schuss eingetauscht hat.«

»Nein, das waren keine Junkies.«

»Wer denn sonst?«

»Wenn ich dir das sage, erklärst du mich für verrückt.«

»Höchstens für betrunken«, witzelte er, in der Hoffnung, sie könnte sich ihm anvertrauen. Er war zu neugierig, ob die beiden USB-Sticks voller Daten ihm irgendwie nützlich sein konnten. »Es ist dunkel, wir sind allein am Strand, du kannst ruhig reden.«

Sie dachte kurz nach: »Nein, lass mal.«

Pierre drang nicht weiter in sie, sondern wechselte widerwillig das Thema. »Ganz schön geladen hast du heute Abend«, kicherte er. »Meine Negronis haben es in sich, und du hast gleich drei nacheinander gekippt.«

Sie tat beleidigt: »Ich hätte mindestens noch zwei vertragen, wenn ich nicht unterwegs schon ein paar Bier getrunken hätte.«

»Du wolltest dich so richtig zuknallen, was?«

»Ich gebe zu, der Wunsch ist mir seit ein paar Tagen nicht fremd.«

Eine Weile sagten beide nichts. Dann setzte Nina sich auf. »Kann ich bei dir schlafen? Ich hab keine Lust, nach Hause zu fahren.«

»Gern«, log Nazzari. »Aber wenn du willst, kann ich dich auch zu einer Freundin bringen.«

»Ich kenne hier niemanden, und Hotels finde ich deprimierend.«

»Gut, dann musst du dich mit der Wohnung eines armen Barkeepers begnügen, der erst seit kurzem in der Stadt ist.«

Nina ließ sich aufs Sofa fallen. »Ich schlafe hier.«

»Nein«, sagte Pierre und ließ nicht mit sich reden. Das war das Mindeste, was er für sie tun konnte nach dem, was sie erlebt hatte.

Er war so müde, dass er schlief wie ein Stein. Viele Stunden später weckte ihn die Tageshitze, die das kleine Wohnzimmer erfüllte, aber Lust aufzustehen bekam er erst dank des Kaffeedufts.

Die Tierärztin saß vor einer Tasse am Küchentisch, neben sich eine Flasche Brandy, die Nazzari aus dem Lager der Bar hatte mitgehen lassen.

Ihr Gesicht war verheult, die Stimme vom Schnaps verquollen. »Ich weiß nicht, was ich tun soll«, jammerte sie.

Er breitete die Arme aus. »Sie haben dir einen Computer geklaut, Nina. Das ist doch kein Weltuntergang«, sagte er und griff zur Kaffeekanne. Er wollte sie dazu bringen, weiter von ihrer Arbeit zu erzählen.

»Das verstehst du nicht …«

»Ich weiß ja kaum etwas, wie soll ich es da verstehen?«, entgegnete er sanft und verständnisvoll. »Ich würde dir gern helfen, vielleicht nur mit einem Rat, aber gestern Nacht hast du gemeint, ich halte dich für verrückt, wenn du mir sagst, wen du verdächtigst.«

Nina putzte sich die Nase. »Ich glaube, das war die Konkurrenz. Industriespionage«, sagte sie in einem Zug.

Pierre setzte sich ihr gegenüber. »Tatsächlich?«

»Ich arbeite für ein Unternehmen, das Schutz für Militärs anbietet«, erklärte sie. »Overalls, Masken …«

Nazzari dachte daran, wie mühsam es gewesen war, das alles vor dem Exerzieren anzuziehen. »Für Gasangriffe, biologische Kriegsführung, so was?«

»Nicht ganz.« Sie blickte ihn kurz prüfend an, dann schnaubte sie verächtlich. »Ach, was soll's, wer weiß, in was für Hände meine Daten gelandet sind. Das Unternehmen finanziert alle möglichen Forschungen in dem Bereich, der als größtes Business der Zukunft gilt: der Schutz vor Nanopartikeln.«

»Ich dachte, du bist Tierärztin?« Er sah die kleinen Monster aus der Tiefkühltruhe vor sich.

»Genau. Ich untersuche die Wirkung von Nanopartikeln auf Schafe.«

Pierre begriff immer weniger. »Schafe leisten doch keinen Militärdienst …«

Nina lächelte. »Stimmt, aber ich interessiere mich für welche, die im Gebiet des Sperrgebiets von Salto di Quirra leben, und das ist total mit Nanopartikeln verseucht.«

Er hatte Kollegen gekannt, die dort gearbeitet hatten; alle nannten das Gelände Perdas de Fogu, nach dem Dorf, in dem der Stützpunkt lag. »Jetzt verstehe ich«, unterbrach er sie, »du meinst diese böse Geschichte mit dem abgereicherten Uran. Ich hab gehört, dass schon Soldaten gestorben sein sollen …«

Sie schüttelte den Kopf. »Abgereichertes Uran an sich ist gar nicht so radioaktiv, dass es gesundheitsschädlich wäre. Problematisch wird es erst, wenn damit geschossen wird. Warst du beim Militär, Marco?«

»Ja, natürlich.«

»Gut, dann verstehst du ja, wovon ich rede.« Sie tat einen ordentlichen Schuss Brandy in ihren Kaffee. »Uranprojektile erreichen enorm hohe Temperaturen und damit eine gewaltige Durchschlagskraft.«

Armor Piercing Incendiary, erinnerte sich Pierre.

»Ein Projektil erreicht Temperaturen von dreitausend Grad und durchschlägt ohne weiteres die Wände von Panzern und Panzerwagen«, fuhr Nina fort. »Diese Temperaturen führen auch dazu, dass die Munition beim Aufschlag teilweise pulverisiert wird. Atmet man das ein, lagert sich die Substanz in Knochen, Nieren, Leber und den Lungen ab, außerdem im Körperfett und in den Muskeln. Der Fachbegriff lautet Sublimation, was bedeutet, dass das Material direkt aus einem festen Zustand in einen gasförmigen übergeht, ohne sich vorher zu verflüssigen. Mikroskopisch feine Tröpfchen sind das, wie ein Aerosol. Sie verteilen sich in der Umgebung. Sobald man sie einatmet, sind sie über die Lungen innerhalb von sechzig Sekunden im Blut, und sechzig Minuten später haben sie die Leber erreicht.«

»Und diese Nanopartikel machen die Soldaten krank?«

»Genau. Und zwar auf sehr lange Sicht, denn der Körper kann sie nicht ausscheiden. Um jeden einzelnen von diesen Partikeln bildet sich eine Granulomatose, eine Art winziger Entzündungsherd, der auf immer und ewig so besteht oder aber in eine Tumorform übergehen kann.«

»Und dasselbe bei Schafen?«

»Ja, denn sie fressen das mit Nanopartikeln kontaminierte Gras. Wertvoll sind sie für uns vor allem deshalb, weil man sie untersuchen kann. Die toten Soldaten werden als Militärgeheimnis unter Verschluss gehalten und der Forschung nicht zugänglich gemacht.«

»Und warum?«

»Kein Militär der Welt will auf diese Art Munition verzichten, also müssen sie die Wahrheit verschleiern und die zivile Forschung ausbremsen«, sagte sie tonlos.

»Aber die Soldaten dieser Armeen sterben doch auch!«

Nina lächelte schwach. »An dieser Stelle Auftritt von Dottoressa Maria Antonietta Tola, genannt Nina, die mit ihrer Arbeit zur Entwicklung von Aufsehen erregenden Heilmitteln und Zaubertränken beitragen soll.«

Nazzari lächelte zurück, aber nur, weil er nett sein wollte. Langsam dämmerte ihm, dass dieses Material ihm dabei behilflich sein könnte, einer Zukunft als Nutte von Bullen und verschiedenen Geheimdiensten zu entgehen.

»Ich kann dich nach Hause bringen«, schlug er vor. Er wollte weiter mit ihr zusammen sein.

»Ich hätte mich nicht getraut, dich darum zu bitten.« Sie goss sich noch einen Kaffee ein.

Sie fühlte sich jetzt etwas besser, weil sie hatte reden können, obwohl sie sich gern noch weiter erleichtert hätte, denn was sie besonders quälte, war der Umstand, dass Diebe mit dem PC nicht nur ihre eigene Arbeit in die Finger bekommen hatten, sondern auch die ihrer besten Freundinnen aus den Jahren an der Uni in Löwen, deren Foto sie als Bildschirmschoner benutzte. Im Hinblick auf ihre mögliche Rückkehr ins Team und aus Freundschaft hatte Kate, eine sympathische kleine, mollige Irin, ihr regelmäßig die neuesten Ergebnisse ihrer Studien zur pathogenen Wirkung von Nanopartikeln zugeschickt. Ein Leichtsinn, der sie jetzt alle teuer zu stehen kommen konnte.

Eigentlich hatten sie verabredet, dass Nina diese Dateien sofort nach der Lektüre löschte. Im Vertrauen auf die Alarmanlage und die Panzertür hatte sie das aber nie getan. Vor allem hatte sie gedacht, sie würde nicht auffallen. Eine im sardischen Nuoro geborene Tierärztin, die in Sassari studiert und in Belgien geforscht hatte, sollte doch ein Jahr lang durch die Schafherden spazieren und deformierte Lämmer kaufen können, ohne dass jemand auf dumme Gedanken käme. Ihr Arbeitgeber hatte sie zur Vorsicht gemahnt, man hatte sie ausgesucht, weil sie Sardin war, und sie hatte sich unverantwortlich verhalten. Erst jetzt erinnerte sie sich, dass auf Sardinien nichts unbemerkt bleibt. Alle anderen Hirten der Gegend hatten erfahren, dass sie regelmäßig den Schafspferch des alten Balloi besuchte, und so musste das Gerücht jemandem zu Ohren gekommen sein, der ihr erst nachspioniert und sie dann bestohlen hatte.

Nina fühlte sich allein, verloren. Es gab keine Alternative zum Stillschweigen, sowohl Kate als auch der Firma gegenüber. Die Chefs würden ein paar Sicherheitsexperten schicken, um die Schäden festzustellen, und dann wäre ihr jegliche Forschungsarbeit versperrt, öffentliche wie private. Bliebe lediglich der eigentliche Beruf als Tierärztin, doch glaubte sie nicht, dass sie mit siebenunddreißig noch all die im Labor verbrachte Zeit würde aufholen können. Sie sah Pierre an. Ein weitgehend Unbekannter war die einzige Stütze, die sie im Moment hatte. Sie fühlte sich umso einsamer.

Pierre brachte Nina zu ihrem Geländewagen, dann fuhr er ihr bis zu ihrem Haus in Villaputzu hinterher. Dort tat er so, als sei er noch nie hier gewesen, und wartete im Wohnzimmer, während sie sich umzog. Sie erschien in Jeans und Hemd.

»Schon mal in einem Schafspferch gewesen?«, fragte sie.

Der alte Balloi war nicht da, ebenso wenig wie die Hunde und Schafe. Sie mussten irgendwo in der Nähe sein, aber Nina wusste, der Hirte würde sich nicht blicken lassen. Sie nahm die Tasche und ging zu dem kleinsten, etwas abseits gelegenen Pferch. Pierre schaute sich ein wenig um, bevor er ihr folgte. Vier halbwüchsige Lämmer mit rasiertem Rücken fielen ihm ins Auge. Alle wiesen auf der linken Körperseite wulstige Narben auf, das Gewebe darunter war geschwollen.

»Was für eine Krankheit haben sie?«

»Keine«, antwortete die Tierärztin, während sie eines davon untersuchte. »Das sind die Opfer meiner Experimente.«

»Soll das heißen, du hast sie so zugerichtet?«

»Ich kann ganz gut mit dem Skalpell umgehen.«

»Sieht aber nicht so aus«, meinte Pierre. »Mit diesen Beulen da …«

»Das sind Granatsplitter«, erklärte sie lachend. »Ich habe sie im Sperrgebiet gesammelt und ihnen unter die Haut gepflanzt.«

»Warum das denn?«

»Um an Schafen zu zeigen, was bei Nagetieren bereits bewiesen wurde, nämlich dass die Metall- und Plastikstücke vom Gewebe eingehüllt werden und keine Krankheiten verursachen.« Sie streichelte die rechte Seite eines der Tiere. »Das Problem sitzt hier, wo ich die Nanopartikel eingeimpft habe.«

»Da bildet sich Krebs?«

»Rhabdomyosarkom«, murmelte sie. »Bösartige Weichteiltumore. Insgesamt waren es sechs Schafe. Zwei sind schon tot. Der Tumor hat sich immer rechts entwickelt.«

Auf dem Rückweg nach Villaputzu hielten sie an und tranken ein Bier in einem winzigen Dorf, dessen Häuser aus dem Nichts um die Bar herum aufgetaucht zu sein schienen. Als wohlbekannter

Gast brauchte Nina dem Mann hinterm Tresen nicht erst zu sagen, was sie wollte. Die übrigen Gäste, ausschließlich Männer, begrüßten sie respektvoll.

»Hirten«, flüsterte die Tierärztin. »Im Lauf der letzten Monate hab ich bei sämtlichen Herden die Runde gemacht.«

»Ein hartes Leben haben die«, meinte Pierre.

»Das sie gegen nichts eintauschen würden. Trotzdem fürchte ich, in zehn Jahren sind hier in der Gegend nicht mehr viele von ihnen übrig.«

»Wie kommst du darauf?«

»Weil mit Nanopartikel verseuchtes Gelände nicht sanierbar ist. Das Sperrgebiet entwickelt sich zu einer riesigen Müllhalde«, antwortete sie. »Ab dem Moment, wo das allgemein bekannt wird, kauft kein Mensch mehr die Erzeugnisse der Gegend. Schon heute sind dreißig Prozent derer, die am Quirra-Syndrom erkranken, Hirten, also Leute, die ein absolut gesundes Leben an der frischen Luft führen. Es ist vollkommen ungewöhnlich, dass so viele Leukämie bekommen, auch noch in fortgeschrittenem Alter.«

Auf Pierres Nachfrage erklärte sie, dass dieses Syndrom eben nach dem Sperrgebiet benannt war. Es umfasste Lymphome, genetische Missbildungen und verschiedene Tumorformen, genau dieselben wie bei den Soldaten, die am Golf oder auf dem Balkan eingesetzt worden waren.

»Auf Sardinien war doch kein Krieg«, wandte Pierre ein.

»Einerseits nein. Andererseits ist es fast schlimmer. Hier kann jeder, egal wer, neue Waffenformen erproben, und kein Mensch kümmert sich darum, welche Substanzen dabei freigesetzt werden. Darüber hinaus wird ständig Munition durch Zündung kontrolliert vernichtet, und zivile Luft- und Raumfahrtgesellschaften tragen ihrerseits zur Verschmutzung bei, indem sie stundenlang Motoren laufen lassen, um Festtreibstoffe zu testen, die Blei enthalten.«

»Gut informiert bist du.«

»Ich weiß auch nur, was in den Zeitungen steht. Aber eines weiß ich mit Sicherheit: Das Gebiet ist mit Legierungen verseucht, die zugleich Silizium, Sauerstoff, Eisen, Blei, Titan und Chrom enthalten, oder auch Blei, Eisen und Kupfer; Mischungen, die es in der Natur nicht gibt und die krankmachen und töten können. Wegen ihnen kommen missgebildete Babys und Tierkinder zur Welt.«

»Was sagen die Militärs dazu?«

»Die lügen, was das Zeug hält, berufen sich auf Militärgeheimnisse und nationale Sicherheit und leugnen jeden noch so eindeutigen Beweis. Und sie finden immer jemanden, der ihre Lügen stützt.«

Nazzari stieß sich an dem empörten Tonfall. »In gewisser Weise arbeitest du doch auch für die.«

»Da hast du recht«, gab sie zu. »Aber wenigstens schütze ich die Gesundheit der Soldaten. Zumindest versuche ich es.« Sie trank den letzten Schluck Bier. »Auf der Uni und in der Firma hatte ich einen ganz anderen Blick auf das Problem. Wenn du im Labor stehst, ist alles unpersönlich und rational, denn so muss es sein, nur wenn du dann an einem derart schönen Ort bist und bestimmte Dinge erkennst, ändert das alles. Dieser Landstrich wird das Sperrgebiet nicht überleben. Die Leute werden irgendwann weggehen müssen, und am Ende bleiben nur noch die Soldaten mit ihren tollen Masken auf dem Gesicht.«

Die gesamte Rückfahrt über schwieg Nina. Ihr war nur zu bewusst, dass die wissenschaftliche Forschung einem Wettrennen glich, und seit einiger Zeit war sie von dem Verdacht befallen, auf das falsche Pferd gesetzt zu haben. Vielleicht ließen sich auf dem Gebiet des Schutzes gegen Nanopartikel überhaupt keine Fortschritte erzielen. Jedenfalls deuteten Kates Dateien auf diese traurige Wahrheit hin. Die ersten Zweifel waren Nina nach einer Analyse der Daten nach dem Attentat vom 11. September 2001 gekommen. Die Hunde, mit denen man in den Trümmern nach den Opfern gesucht hatte, waren bald darauf erkrankt. Schließlich die Helfer. Trockener Husten, Durchfall, Fieber. Danach erwartungsgemäß chronisches Erschöpfungssyndrom. Bei den Explosionen und den darauffolgenden Bränden waren extrem hohe Temperaturen entstanden. In den Wolkenkratzern war alles Mögliche verbrannt, darunter tausende Computer. Der puderfeine Staub, der alles ringsum bedeckte und den Feuerwehrleute, Polizisten und zivile Helfer tagelang einatmeten, war voller Nanopartikel. Es war glasklar, dass auch die Zivilbevölkerung sich der Kontamination mit den Partikeln nicht entziehen konnte.

Dasselbe Schicksal hatten die italienischen Soldaten in Ex-Jugoslawien erlitten. In kurzen Hosen und T-Shirt wurden sie losgeschickt, um als Reinigungspersonal leere Hülsen von explodierter Munition einzusammeln, die abgereichertes Uran enthalten hatte, während die amerikanischen Säuberungskräfte in ABC-Schutzanzügen anrückten, die gewöhnlich bei der biologischen Kriegsführung verwendet werden.

Die Ereignisse in Afghanistan hingegen hatten gezeigt, dass es nur dann wirklich effektiv gewesen wäre, wenn die Soldaten die neu entwickelten Schutzanzüge vierundzwanzig Stunden pro Tag getragen hätten – eine kaum praktikable Voraussetzung. Einmal hatte eine Gruppe britischer Soldaten erbeutete Munition vor den Kameras eines TV-Teams zur Explosion gebracht. Auf den Bildern war eindeutig zu sehen, wie exakt in dem Moment, als die Explosionswolke aufstieg, ein plötzlicher Windstoß den Staub auf die Soldaten zutrieb, die wegrannten, um ihn nicht einzuatmen. Zwei Wochen später teilte die britische Einsatzleitung mit, rund fünfzehn Mann würden wegen einer nicht näher benannten Epidemie repatriiert.

Als Ninas Arbeitgeber beschloss, in diesen Forschungsbereich zu investieren, hatte er sich über die ihm zur Verfügung stehenden, üppig vergüteten Kontakte Informationen darüber verschafft, wie lange die Munition verwendet werden dürfte und welche die schlimmste Kontamination durch Nanopartikel verursachte. Die Antwort war kurz und präzise: So lange, bis noch potentere Waffen entwickelt würden.

Bei einem Meeting zum Thema hatte der Vorstandsvorsitzende klipp und klar eingestanden, dass die Armeen ebenso starke Umweltverschmutzer waren wie die Privatindustrie. Schutz- und Säuberungsmittel würden auf längere Sicht ein strategisch wichtiges Marktsegment darstellen. Der Gesichtspunkt, dass sich manches nicht beheben lässt, fehlte in seiner Kosten-Nutzen-Abwägung freilich. Ebenso, dass die Militärs die zivile Forschung mit allen Mitteln behindern dürften, um Handlungsfreiheit zu behalten und den Opfern keine Entschädigungen zahlen zu müssen.

Lange hatte Nina sich der Illusion hingegeben, ihre Arbeit könne nicht nur ihr Befriedigung verschaffen, sondern allen Menschen nutzen, Militärangehörigen wie Zivilisten. Jetzt war diese Gewissheit stark ins Wanken geraten, ja, ihr war fürchterlich unwohl dabei, fast als wäre ihr übel. Bei ihrem Haus angelangt, entschuldigte sie sich bei Pierre für ihr Schweigen und meinte, sie wolle jetzt lieber allein sein.

»Kein Problem«, sagte er. »Ich muss sowieso zur Arbeit.«

Sie lief ins Haus und blickte durchs Fenster dem sich entfernenden Panda nach. Dann rief sie ihre Mutter an.

»Ciao, Mamma.«

»Nina, mein Schatz, wie geht es dir?«

»Gut.«

»Was für ein Wetter ist in Löwen? Regnet es, wie immer?«

Nina blickte auf die Lichtstreifen, die durch die halbgeschlossenen Läden fielen.

»Das übliche Grau, Mamma.«

Als Pierre auf den Parkplatz der Bar fuhr, sah er sofort den weißen Alfa. Drinnen saßen Tore und Mario, der ihm mit dem Daumen bedeutete, er solle hinter ihm einsteigen. »Unsere Fachleute haben den Computer von dieser Tierärztin ausgewertet«, sagte er. »Die schöne Nina muss hier weg, und zwar schleunigst. Und da ihr euch offensichtlich gut versteht und miteinander Ausflüge aufs Land macht …«

Er drehte sich um, denn er wollte Pierres überraschtes Gesicht genießen, bevor er fortfuhr:

»Ja, ja, Nazzari. Jemand hat euch gesehen und uns sofort Bescheid gesagt. Auf was für Ideen kommst du bloß?«

»Ihr habt gesagt, ich soll mich mit ihr anfreunden.«

»Stimmt, aber was hast du bei den Schafen zu suchen? Man könnte fast denken, sie erzählt dir ihre kleinen Geheimnisse?«

»Nein, tut sie nicht. Der Einbruch hat sie verängstigt, sie wollte nicht allein sein. Sie kennt hier niemanden, und außerdem ist sie hübsch. Ich hätte nichts gegen ein Nümmerchen mit ihr einzuwenden.«

»Von uns aus kannst du sie ficken, so viel du willst, Hauptsache, du sorgst dafür, dass sie verschwindet.«

»Ich glaube, sie hat gesagt, ihr Einsatz dauert noch vier Monate.«

Tore hielt den linken Zeigefinger hoch. »Einen«, sagte er barsch. »Nicht mehr. Und zwar, um den Umzug vorzubereiten, nicht, um weiter rumzuschnüffeln.«

»Wie soll ich das schaffen? Ich kann sie schlecht zwingen.«

Jetzt wurde Tore laut. Seine Stimme war unangenehm schrill: »Mach sie kalt, heirate sie, tu, was du willst, aber tu es. Dein Problem, nicht unseres.«

Pierre stieg aus und ging auf die Bar zu, doch als er aus dem Augenwinkel sah, wie der Alfa wegfuhr, machte er kehrt und ging wieder zu seinem Panda. Dann fuhr er ins Stadtviertel beim Hafen. In dieser Gegend, in der sich viele Einwanderer aufhielten, würde er sicher ein Internetcafé finden. Während der Fahrt entwarf er in Gedanken die E-Mail, die er verschicken würde. Die Adresse hatte er noch nie benutzt, aber er kannte sie seit langem auswendig.

Unterdessen rief Tore Moi seinen Vertrauensmann an, der in der Nähe des Sperrgebietes wohnte und Nina und Pierre beschattet hatte. Es war Zeit, den Ruf dieser Schlampe von Tierärztin zu zerstören. Er befahl ihm, den Lämmern vor den Augen des alten Balloi die Kehle durchzuschneiden, damit der ein für alle Mal kapierte, wer seine Freunde waren und wer nicht.

Tore konnte nicht wissen, dass er für den alten Balloi nichts als ein Arschloch war, das seine Dienste gut bezahlte. Der Hirte würde ungerührt zusehen und die Kadaver fern des Pferches vergraben. Die Lämmer gehörten nicht ihm, sondern der Tierärztin. An seinem Leben und seinem Denken würde sich nichts ändern.

»Du bist spät dran«, beschwerte sich Sebastiano Trincas.

Pierre antwortete nicht, sondern holte rasch Flaschen, Obst und Eiswürfel aus der Kühlung. Den ersten Cocktail hatte Franchino bestellt, Ceccarellos Handlanger, der ihn bequem im Sitzen beobachtete. Seine Bestellung, einen Bourbon Mint Julep, hatte Nazzari innerlich kopfschüttelnd entgegengenommen. Ami-Mist, dachte er bei dem Gedanken daran, dass die Marines in Kabul ganz verrückt danach gewesen waren.

Der Ex-Söldner trank einen ersten Schluck, warf ein paar geröstete Erdnüsse hinterher und beschloss, seinem Boss Bericht zu erstatten. »Unser Freund hat extrem gut geschützte Hintermänner«, teilte er ihm mit. »Ich glaube nicht, dass wir ihn rannehmen können, ohne um Erlaubnis zu fragen.«

Ceccarello fragte, wen er meine, und stimmte seinem Handlanger zu. »Sonst muss ich mich nur verpflichten, den Gefallen zu erwidern. Aber trotzdem – ich glaube nicht, dass der Sack unersetzlich ist.«

»Mit Sicherheit nicht«, pflichtete Franchino ihm bei. »Er macht sich übrigens an eine Frau ran. So eine dämliche Tierärztin. Völlig uninteressant.«

»Dann verdrück dich«, befahl Ceccarello. »Es ist sinnlos, ihn weiter zu verfolgen. Ich weiß, wen ich fragen muss, wenn ich ihn beseitigen will.«

Ein paar Stunden später kam Nina. Äußerlich wirkte sie wieder wie immer. Erfreut stellte Pierre fest, dass sie sorgfältig gekleidet und geschminkt war.

»Was ist der komplizierteste Cocktail?«, fragte sie Pierre, der gerade Melone und Erdbeeren mixte.

»Ramos Fizz«, antwortete er bestimmt. »Aber mir fehlt die Orchidee zum Garnieren.«

»Und ohne Orchidee?«

»Der Zombie«, schwindelte er. Ihm war nicht nach irgendwelchen Herausforderungen zu Mute.

»Dann will ich einen.«

»Setz dich. Ich bringe ihn dir sofort.«

Und so verlief der ganze Abend. Trotz Pierres Anstrengungen, sie vom übermäßigen Trinken abzuhalten und dafür zu sorgen, dass sie wenigstens ein paar Toasts aß, lag sie irgendwann wieder sturzbetrunken in der Hängematte. Mit Sebastianos Hilfe lud er sie in den Panda und brachte sie nach Hause. Sie wachte nur für einen Moment auf, um ihm den Schlüssel zu geben, dann schlief sie wieder ein. Pierre musste sie sich auf die Schulter laden; drinnen ließ er sie sofort aufs Sofa gleiten.

»Heute Nacht nehme ich das Bett«, knurrte er, während er die Treppe hinaufging.

Nach dem Aufwachen fand er Nina im Keller. Auf dem Seziertisch lagen aufgeschnitten die kleinen Monster, denen sie Organe entnahm. »Ich muss am frühen Nachmittag den Flieger nehmen«, sagte sie.

»Wegen diesen Innereien da?«

»Ja, eine Routineanalyse«, antwortete sie. »Ich weiß zwar jetzt schon, dass man Kobalt finden wird, aber ich brauche eine möglichst hohe Fallzahl.«

»Warum nutzt du die Gelegenheit nicht für ein bisschen Urlaub?«

Sie hob den Kopf und blickte ihn an. »Was willst du damit sagen?«

»Dass es vielleicht besser wäre, eine Weile hier wegzubleiben.«

»Das würde ich zwar gern, aber ich kann nicht.«

»Du lebst allein, treibst dich an Orten herum, an denen nie ein Mensch ist«, sagte er. »Wenn die Leute, die hier eingebrochen sind, dir was antun wollen, haben sie leichtes Spiel.«

»Willst du mir Angst machen?«

»Ich finde die Sache mit diesem Einbruch nur sehr seltsam.

Vielleicht sollte das eine Botschaft sein, und du hast sie nicht verstanden.«

Nina schnitt weiter mit dem Skalpell an dem Leichnam herum. »Wenn sie mich schädigen wollen, genügt es, meiner Firma mitzuteilen, dass ich den Diebstahl verschwiegen habe. Sobald mein Vertrag ausläuft, gehe ich sowieso, es sei denn, sie werfen mich schon vorher raus.«

Den Morgen über saß Nazzari in der Bar und las Zeitung. Der Klatsch von der Costa Smeralda konnte ihn ein wenig von dem gescheiterten Versuch, Nina zur Rückkehr nach Belgien zu überreden, ablenken. Er musste sogar über einen Artikel lächeln, laut dem mal wieder eine reiche Trulla bekundet hatte, sie würde mit dem Regierungschef zwar nicht ins Bett gehen, aber doch furchtbar gern seiner Koalition angehören.

Ein Gast, der beim Kaffee die Überschrift gesehen hatte, bemerkte, allmählich würde sich das ganze Land nur noch lächerlich machen. Pierre fand das unbedeutend, lauter dummes Zeug. Die reichen Leute waren eben so. Das Geld brachte sie auf seltsame Ideen.

Als er zu Ninas Haus zurückkam, war sie bereits reisefertig. Auf der Fahrt nach Cagliari redeten sie nur wenig. Sie hatte üble Laune. Er ließ sie an ihrem Geländewagen heraus.

»Lass von dir hören, wenn du wieder da bist.«

Sie winkte ihm zum Abschied zu.

Cristina hielt ihm einen halbvollen Drink unter die Nase: »Der Gast sagt, der Spritz schmeckt scheußlich.«

Nazzari riss ihr das Glas aus der Hand und leerte es wütend in die Spüle aus. Heute Abend war er tatsächlich nicht bei der Sache. Worte würden nicht genügen, um Nina zum Aufgeben zu bewegen, und er hatte nicht die geringste Lust, die nächsten zwanzig Jahre im Militärgefängnis zu verbringen. Dieser Aperitif war wirklich sein geringstes Problem.

Tore hatte ihn angerufen, während er zur Bar zurückfuhr. »Sie packt, wie ich höre?«

»Ich hab mit ihr geredet. Aber ich brauche noch Zeit.«

»Fass sie nicht so vorsichtig an. Hier ist für Leute wie sie kein Platz, mach ihr das klar.«

Etliche Stunden später, auf dem Heimweg, hielt an einer roten Ampel ein Wagen neben ihm, dessen Fahrer sich zu ihm umdrehte und ihn ansah. Pierre erkannte ihn sofort. Als es grün wurde, folgte er dem anderen Wagen unauffällig bis auf den leeren Parkplatz eines Einkaufszentrums.

Der Mann stieg aus und kam auf ihn zu. Sie reichten sich die Hände. »Danke, dass du gekommen bist, Giacomo.«

Der andere zuckte mit den Schultern. »Calvi ist nicht weit, und ich bin noch nie in Cagliari gewesen.«

Giacomo Queirolo, ein Genueser, hatte sich schon in jungen Jahren der Fremdenlegion angeschlossen. Kennengelernt hatten sie sich in Afghanistan, wo Queirolo den Grad eines Leutnants bekleidete, und sie waren Partner im Handel mit Schwarzem Afghanen geworden. Dann war er zum Zweiten Fallschirmjägerregiment nach Korsika versetzt worden, und beide hatten ihre Geschäfte mit anderen Komplizen fortgesetzt.

»Ich kann dich mit Leuten in Kontakt bringen, die vielleicht an einem Kauf deiner Informationen interessiert wären«, sagte er.

»Ich hatte dich um etwas anderes gebeten!«, rief Pierre.

Der Leutnant seufzte. »Ich habe deine Mail meinen Vorgesetzten gezeigt, wie du gesagt hast. Es tut mir leid, aber sie wollen dich nicht in die Legion aufnehmen.«

»Weil ich desertiert bin?«

Queirolo nahm ihn bei den Schultern. »Ich könnte dich anlügen und sagen, das ist es, oder dass du ihnen zu alt bist, aber wir sind Freunde, ich sage es dir, wie es ist. Sie finden dich so lästig wie die Räude.«

»Warum denn?«, stotterte Pierre.

»Weil Perdas de Fogu nicht irgendein militärisches Versuchsgelände ist, es ist *das* Versuchsgelände überhaupt. Wahrscheinlich das Einzige, auf dem sämtliche Armeen der NATO, ihre Verbündeten und jeder Waffenhersteller in aller Ruhe neue Waffen und Explosivkörper testen können. Und Frankreich ist einer der wichtigsten Partner des Projekts.«

»Dann bin ich geliefert«, meinte Nazzari entmutigt.

»Das ist nicht gesagt. Von den Leuten, die deine Informationen kaufen, solltest du kein Geld verlangen, sondern Papiere«, riet er ihm. »Sie können dir richtig gut gemachte beschaffen.«

»Warum sollten sie? Wollen die denn was mit mir zu tun haben?«

»Eine ganze Reihe von Unternehmen sind tatsächlich ausgeschlossen, vor allem die weniger vertrauenswürdigen, die Geschäfte mit den Arabern machen, mit afrikanischen oder südamerikanischen Ländern … und Kontakt zu den Geheimdiensten haben.«

»Ein neuer Pass allein reicht mir nicht«, platzte Pierre heraus. »Ich brauche eine Wohnung und Schutz.«

»Das sehe ich anders. Du musst von der Bildfläche verschwinden, und zwar vollständig. Wer dich beschützt, präsentiert dir auch irgendwann die Rechnung.«

»Da hast du vielleicht recht. Und wie kann ich mit den Käufern der Dateien Kontakt aufnehmen?«

»Sie melden sich selbst, zu gegebener Zeit.«

Er brauchte nur zwei Tage zu warten. Eine Frau um die fünfzig mit ausgesprochen gewöhnlichem Gesicht und französischem Akzent bestellte einen Salty Dog. Während sie ihn schlürfte, erregte sie mit verstohlenen Blicken seine Aufmerksamkeit und flüsterte ihm in einem unbeobachteten Augenblick den Namen eines Hotels, eine Zimmernummer und die Uhrzeit zu.

Pünktlich am nächsten Morgen klopfte Pierre an die Tür des Zimmers. Ihm öffnete ein Mann, dessen Vergangenheit bei den Spezialeinsatzkräften und Erfahrung im Feld Pierre sofort erkannte. Er hatte gelernt, so jemanden anhand der lässig-geschmeidigen Bewegungen von den verschiedenen Arten Söldner zu unterscheiden. Wahre Profis müssen niemandem etwas beweisen. Der Mann bat ihn herein und deutete auf einen Sessel. Die Frau kam aus dem Bad und reichte ihm lächelnd die Hand. Pierre nahm einen USB-Stick aus der Tasche, auf den er zu Demonstrationszwecken mittels des Computers in der Bar ein paar zufällig gewählte Dateien geladen hatte. Die Französin steckte ihn in ihren PC und schickte die Dateien irgendwohin.

»Jetzt müssen wir ein wenig warten«, sagte sie. »Möchten Sie etwas trinken?«

»Gern einen Kaffee.«

Der Zimmerservice brauchte länger als die Antwort. »Wir sind am Ankauf interessiert«, las die Frau vor, »und bieten Ihnen …«

Pierre unterbrach sie mit einer Handbewegung. »Ich will kein Geld, sondern eine neue Identität. Alles, von der Geburtsurkunde bis zum Reisepass«, erklärte er.

Sie zuckte mit keiner Wimper. Pierre blickte zu dem Mann hinüber. Der stand da und starrte ihm auf die Hände. Er war nur an seinen Bewegungen interessiert. Eine falsche Regung, und er würde ihm das Genick brechen.

Die Französin nahm das Handy und stand auf. »Da muss ich nachfragen«, sagte sie und ging auf die Terrasse.

Dort zündete sie sich eine Zigarette an und genoss die Aussicht. Sie teilte ihrem Boss die Forderung des Anbieters mit.

»Ich glaube, er ist kein Profi«, meinte sie. »Wir können ihn auch linken.«

»Ein Freund hat ihn empfohlen. Er soll bekommen, was er will.«

Die Frau beendete das Gespräch, blickte aber weiter rauchend aufs Meer. Wäre es nach ihr gegangen, hätten sie den Italiener reingelegt. Er war ein Loser, allein dafür verdiente er eine Strafe. Der Freund vom Boss musste ein Fremdenlegionär sein, vielleicht einer von dem Foto auf dem Schreibtisch. Sie waren eine verschworene Gemeinschaft und boten einander Schutz und Hilfe, ein Leben lang. Der Boss hatte Frau und Kinder, sah sich aber lieber im Kreise seiner früheren Mitsoldaten. Er gefiel ihr, sie wäre gern mit ihm ins Bett gegangen, aber sie war nie hübsch gewesen, jung war sie auch nicht mehr, und er hatte sie nie eines Blickes gewürdigt.

Sie wandte sich um und sah durch die Fensterscheibe ihre Leibwache an. Die Lust stieg in ihr auf, warm wie die Sonne, die auf den Balkon flutete. Dieser Muskelberg würde nicht Nein sagen, aus verschiedenen Gründen. Sie drückte die Kippe aus und ging wieder hinein, es war Zeit, das Geschäft unter Dach und Fach zu bringen und sich angenehmeren Dingen zu widmen.

»Gut«, sagte sie, »es lässt sich einrichten.«

»Wann?« Pierre war ungeduldig.

»Eine Woche«, sagte sie. »Wir brauchen dann noch Passbilder.«

Pierre zog aus der Hintertasche seiner Jeans die Fotos, die er zuvor hatte machen lassen.

Die Frau deutete auf den Bodyguard. »Er kümmert sich um alles.«

Während Pierre zur Tür ging, gab sie ihm eine letzte Ermahnung mit auf den Weg. »Seien Sie nicht so dumm, das Material anderweitig zu verkaufen.«

Auf dem Weg nach Villaputzu ließ er sich den Plan durch den Kopf gehen. Er wollte Tore erklären, die Tierärztin würde in zehn Tagen, spätestens zwei Wochen verschwinden, genug Zeit, um seinen neuen Pass zu bekommen. Dann würde er über Korsika nach Marseille fliehen, dort untertauchen und auf bessere Zeiten warten.

Jetzt musste er erst einmal wieder Kontakt zu Nina bekommen, die sich nicht mehr gemeldet hatte.

»Mir hat nicht gefallen, wie du letztes Mal mit mir gesprochen hast«, erklärte sie ihm. »Als wolltest du mir unbedingt Angst einjagen.«

Sie saßen im Wohnzimmer ihres Hauses. Der Ventilator kreiste träge über ihren Köpfen. Der August neigte sich dem Ende zu und nahm die Touristen mit sich fort, doch die Hitze blieb unverändert; bis Ende Oktober würde sie sich so halten, hatte er in einer Bar sagen hören. Was für ein Wetter er wohl in Marseille haben würde?

»Glaube mir, das war nicht meine Absicht«, verteidigte er sich. »Ich hab mir einfach Sorgen gemacht.«

Nina kniff die Lippen zusammen. »Na gut. Ein Glück, denn ich fand es richtig schade, dass ich nicht in die Bar kommen und dich treffen konnte. Das ist der einzige Ort, an dem ich mich wohlfühle, und du bist der einzige Mensch, zu dem ich ein bisschen Vertrauen habe.«

Pierre lächelte ihr zu. »Zur Wiedergutmachung zaubere ich dir Cocktails und Longdrinks, deren Namen du noch nicht mal gehört hast. Super Zeug.«

Nina schien sich zu entspannen. »Ich freue mich, dass du zu mir gekommen bist. Das ist wirklich lieb. Außerdem hab ich mich zu Tode gelangweilt. Die ganze Zeit nichts als Arbeit.«

Sie stand auf und setzte sich ihm rittlings auf den Schoß, nahm sein Gesicht zwischen die Hände und berührte seine Lippen sanft mit ihren. »Soll ich weitermachen oder ein braves Mädchen sein und mich wieder hinsetzen?«

»Mach weiter, das ist schön.«

»Schauen wir mal, ob du die Wahrheit sagst.« Sie zog ihm den Reißverschluss auf und schob die Hand in seine Unterhose. »Schön hart, Signor de Rossi.«

Nina stand auf und streifte sich die Jeans ab. Er half ihr beim Slip. Sie setzte sich wieder auf ihn und begann, sich langsam zu bewegen. Er zog ihr das T-Shirt aus und streichelte ihre Brüste. Nina kam fast sofort.

»Das war schon lange mal wieder fällig«, sagte sie, während sie ins Bad ging. Pierre saß verblüfft da. Für ihn war die Nummer noch nicht zu Ende. Er folgte ihr; sie war dabei, sich zu waschen.

»Lässt du mich einfach so sitzen?«, fragte er.

Sie wandte den Kopf und betrachtete seine Erektion. »Danke, für mich ist's gut«, meinte sie in einem Ton, der Pierre alles andere als gefiel. Er packte sie bei der Hüfte, hob sie an und nahm sie von hinten. Sie sträubte sich nicht, im Gegenteil: »Viel Spaß, Hübscher.«

Hinterher lud sie ihn zum Mittagessen ein, in ein Restaurant am Porto Corallo, einem nahegelegenen Strand. Beim Essen unterhielten sie sich über die Männer und Frauen, die in das *Un posto al sole* kamen und mit denen sie sich vorstellen konnten, ins Bett zu gehen. Nina hörte zu ihrer Überraschung, dass Pierre nicht auf Cristina scharf war. »Die hat doch einen tollen Hintern, und jung ist sie auch …«

Pierre machte einen auf galant. »Zu jung für meinen Geschmack.«

»Quatsch.«

»Sie zieht zu viel Koks. Die Mädchen, die's damit übertreiben, bringen es nicht.«

»Ich nehm keines«, stellte sie klar. »Einen Joint hin und wieder gern, das schon. Was hältst du davon, wenn wir nach Hause fahren, was rauchen und weitervögeln?«

Pierre fand, insgesamt hatte das Schicksal eine ganz gute Wendung genommen. Jedenfalls dachte er das, bis er Tore am Telefon hatte.

»Nina sagt, sie packt bald ihre Sachen«, log er, in der Hoffnung, überzeugend zu klingen.

»Wann?«

»Zwei, höchstens drei Wochen.«

»Gut. Du arbeitest so lange bei Sebastiano weiter, bis wir eine andere Verwendung für dich haben.«

Da beging Nazzari den Fehler, nicht den Mund zu halten. Er wollte doch sowieso abhauen, Tore würde nichts sein als eine böse Erinnerung. Stattdessen hörte er sich selber sagen: »So war das aber nicht abgemacht. Wenn Nina weg ist, müsst ihr mich in Ruhe lassen.«

»Deine Strafe besteht darin, dem Vaterland zu dienen«, gab ihm der andere zurück.

»Ihr scheißt doch aufs Vaterland!«, bellte Pierre in den Hörer. Am liebsten hätte er sich die Zunge abgebissen, aber gesagt war gesagt.

Moi schwieg einen Moment, dann hängte er auf. Er drehte sich zu Mario um. »Dieser Nazzari ist ein Stück Scheiße. Wenn die Sache mit der Tierärztin abgeschlossen ist, wird er erledigt.«

Nach diesem Beschluss begab er sich in ein bekanntes Restaurant in Cagliari, zu einem Treffen mit einem Mann, den er nicht kannte, den ihm aber ein gemeinsamer Freund vom Geheimdienst wärmstens empfohlen hatte. Wie üblich war er eine Viertelstunde zu früh, um mit dem Wirt Speisenfolge und Wein zu besprechen. Und wie immer nutzte er die Zeit, um ein Glas eiskalten Vermentino als Aperitif zu trinken. Als der Kellner seinen Gast an den Tisch geleitete, fielen Tore sofort das Hinken und die Haltung des ehemaligen Offiziers auf.

»Salvatore«, stellte er sich vor und reichte ihm die Hand.

»Michele«, antwortete der andere. Ceccarello fühlte sich sicher genug, seinen wahren Namen zu nennen.

Sie plauderten über das Essen und andere Nebensächlichkeiten, bis der Hauptgang serviert wurde. »Unser gemeinsamer Freund sagt, es gibt etwas zu besprechen«, meinte Moi.

»Eigentlich geht es darum, dass wir eine Genehmigung brauchen«, sagte Ceccarello.

»Wozu?«

»Für eine Säuberungsaktion.«

»Hier bei uns?«

Ceccarello lächelte ihn beruhigend an. »Es geht nur um eine einzige Zielperson. Niemand Zentrales, es würde Geschäfte oder Strukturen nicht betreffen.«

»Wen meinen Sie?«

»Pierre Nazzari alias Marco de Rossi.«

Der Mistkäfer, dachte Tore. »Immerhin, da handelt es sich um eine operative Kraft.« Er wollte das Maximum herausschlagen.

»Unter Ehrenmännern wird ein Gefallen immer vergolten.«

»Gibt es einen diesbezüglichen Vorschlag?«

»Da ist ein Unternehmen, das gern Zugang zum militärischen Sperrgebiet hätte, aber es gehört nicht zum Kombinat …«

Leise lachend schüttelte Moi den Kopf.

»Habe ich etwas Komisches gesagt?«, fragte Ceccarello.

»Entschuldigen Sie bitte, ich wollte nicht unhöflich sein, aber jedes Mal, wenn ich das Wort ›Kombinat‹ höre, muss ich daran denken, dass wir einen Begriff der sowjetischen Nomenklatura benutzen, ausgerechnet wir …«

»Vielleicht, weil er besonders geeignet ist, um eine Gruppe von Unternehmen mit sich ergänzenden Interessen zu bezeichnen«, meinte Ceccarello kalt, den die Abschweifung nervte.

»Ich spreche lieber von ›Konsortium‹«, antwortete Tore ebenso kühl. »Außerdem ist es belanglos, dass das fragliche Unternehmen nicht dazugehört. Diese Zone steht jedem zur Verfügung, der die Miete zahlen kann. Bislang fünfzigtausend pro Stunde, jetzt allerdings müsste das noch deutlich angepasst werden.«

»Dieses Unternehmen möchte vor allem so diskret wie möglich vorgehen. Selbstverständlich ist es bereit, alle ökonomischen Notwendigkeiten zu berücksichtigen, die durch seine Anfrage entstehen.«

Jetzt musste Tore Klartext reden. »Kein Problem, solange es sich nicht um biologische Kriegsführung handelt.«

»Nichts dergleichen. Es geht um Experimente kurz vor dem Einsatz im Feld.«

Offenbar plante da jemand einen unauffälligen Kriegseinsatz und wollte vorher in aller Ruhe seine Waffen testen. Befriedigt dachte Tore an den Profit, der für ihn als Vermittler herausspringen würde. Das Geschäft war möglich, jetzt ging es darum, die Bedingungen zu verhandeln.

»Was diese Säuberungsaktion angeht«, sagte er, »muss ich darauf bestehen, dass sie von Personen abseits des Militärs und benachbarter Bereiche durchgeführt wird.«

»Das ist schon bedacht.«

»Außerdem muss ich darum bitten, dass Sie sich zusätzlich der Frau annehmen, die in der letzten Zeit mit der Zielperson zusammen ist. Sie könnte Probleme mit der Polizei oder der Presse verursachen.«

»Die Tierärztin«, murmelte Ceccarello, um zu zeigen, dass er wohlinformiert war. »Kein Problem.«

Tore erhob das Glas. »Es ist ein Vergnügen, mit Ihnen Geschäfte zu machen.«

Der Ex-Major lächelte zufrieden, nicht wegen des Gehabes des Sarden, sondern wegen der Vorfreude auf die Nachricht von Pierre Nazzaris Tod. Er beschloss, sich angesichts des positiven Verlaufs etwas weiter vorzuwagen: »Ich hätte da noch einen Kunden, der für eine gewisse Information sehr gut zahlen würde«, sagte er.

Moi hob nur den Blick von seinem Teller und sah ihn an. Ceccarello berichtete knapp von der Beschlagnahmung des Fischerboots, als wäre das etwas, das er in der Zeitung gelesen hatte.

»Und Ihr Kunde möchte wissen, von wem der Tipp stammte?«, erkundigte sich Tore.

»Genau.«

»Das kann ich ihm liefern.«

»Zu welchem Preis?«

Moi nahm einen Kugelschreiber aus der Brusttasche, machte den Arm lang und schrieb eine Zahl auf die Tischdecke. »Bar, bis morgen Mittag.«

Ceccarello entgegnete: »Auch sofort, wenn die Information gut ist.«

»Sie ist ausgezeichnet, nämlich präzise und detailgenau.«

»Sehr gut. Ich höre.«

»Die Ermittlungen wurden von Tenente Deidda geleitet, einem Vertrauensmann von General Bernini. Hier in Cagliari ist er sein Stellvertreter in der Armee, und nicht nur …«

Der Ex-Major erkannte die Zusammenhänge unmittelbar. Fünfeinhalb Tonnen Hasch bester Qualität waren der Finanzpolizei in die Hände geraten und sollten nun im Machtkampf zwischen den Spitzen der Carabinieri und des militärischen Nachrichten- und Sicherheitsdienstes eingesetzt werden.

»Ich weiß, dass es einen Spitzel innerhalb der Organisation gab, aber es ist nicht bekannt, wer das war«, fuhr Tore fort. »Wenn Sie möchten, kann ich das in Erfahrung bringen, das kostet allerdings extra.«

Lächelnd schüttelte Ceccarello den Kopf. Mehr brauchte er nicht zu wissen. »Darf ich Sie zu einem alten Cognac auf mein Boot einladen, damit wir dort das Finanzielle regeln können?«

»Sehr gern.«

Am Abend verstaute Tore Moi den Umschlag mit den Banknoten in dem kleinen Tresor in seinem Arbeitszimmer. Das Geld kam gerade passend für die bevorstehende Hochzeit von Teresa, seiner Jüngsten, die mit Efisio, einem vielversprechenden Radiologen vom Städtischen Krankenhaus, verlobt war. Während er sich den Pyjama überstreifte, dachte er: Erst einmal Nazzari und diese Tierärztin beseitigen, dann Kontakt zu dem Unternehmen aufnehmen, das Zugang zum Sperrgebiet wünscht, später mit Hilfe einer Menge Fingerabdrücke Ceccarello an Deidda verkaufen. Bevor er das Restaurant verließ, hatte er dem Wirt zugeflüstert, er solle Ceccarellos Gläser in einem Tuch aufbewahren. Nicht, weil er ungern mit ihm Geschäfte gemacht hätte. Im Gegenteil, das war ein angenehmer Zeitgenosse. Das Problem war nur, dass General Bernini in den örtlichen Machtkämpfen zu obsiegen schien und seine Leute an den wichtigsten Einsatzorten unterbringen würde. Und dazu gehörte auch Cagliari! In diesem Fall würden sie eine effiziente Struktur für Spezialoperationen benötigen, jene, bei denen man die Staatsanwaltschaft nicht um Erlaubnis fragen musste.

Er war noch nicht müde, also weckte er seine Frau. Er wusste, sie würde nicht wollen, aber darum scherte er sich nicht. Er würde sowieso schnell fertig sein.

Der Bodyguard der Französin, der ihm den Pass bringen sollte, tauchte in der Bar auf. Er lehnte sich mit den Ellbogen auf den Tresen und bestellte bei Cristina einen Alexander. Sie gab die Bestellung an Pierre weiter und beschwerte sich: »So ein hübscher Mann, und dann bestellt er so einen Schwuchtelcocktail.«

Als sie ihn vor ihm hinstellte, bedachte sie ihn mit einem strahlenden Lächeln, das er unerwidert ließ. Enttäuscht zog Cristina sich zurück.

»Hör mal, der könnte doppelt so alt sein wie du«, meinte Nazzari, der den Franzosen in der Erwartung irgendwelcher Zeichen beobachtete.

»Na und? Schau dir an, wie der gebaut ist.«

Der Mann schlürfte seinen Alexander, zahlte und ging Richtung Straße davon. Einmal blieb er stehen und blickte sich um. Nur kurz, aber so, dass klar wurde, Pierre solle ihm folgen.

»Pinkelpause«, verkündete der und verschwand.

Der Austausch fand im Schutz zweier Wagen statt. Die beiden wechselten kein Wort. Nazzari hielt den braunen Umschlag kurz in den Händen, dann konnte er der Versuchung nicht widerstehen, ihn zu öffnen und den Pass mit dem französischen Wappen herauszuholen. Unter seinem Bild las er einen Namen, den er noch nie gehört hatte. Das gefiel ihm. Neuer Name, neues Leben, dachte er.

Später kam Nina in der Bar vorbei. Sie lehnte sich an den Tresen und winkte ihn heran. »Also nicht dass du denkst, wir sind jetzt zusammen«, flüsterte sie ihm ins Ohr. »Das ist ja wohl klar, oder?«

Ihr Atem roch nach Alkohol. »Wie viele Bierchen hast du auf dem Herweg gezischt?«, fragte Pierre lächelnd.

Sie kniff verärgert die Augen zusammen. »Erst musst du antworten.«

»Wir sind kein Paar, falls du das meinst.«

»Nur eine Bettgeschichte, um nicht so allein zu sein.«

»Mehr nicht.«

Nina entspannte sich. »Drei«, sagte sie. »Hab mir Mut antrinken müssen für diese Aussprache.«

Dann drehte sie sich zu Cristina um, die den Wortwechsel mit größtem Interesse verfolgte. »Ich hatte schon Angst, er würde sich wer weiß was in den Kopf setzen … Du weißt ja, wie sie sind, die Männer.«

»Und ob ich das weiß«, gab Cristina zurück.

»Nur von dem hier«, Nina deutete mit dem Finger auf ihn, »weiß ich nichts. Außer, dass er gute Negronis mixt.«

»Ich weiß von dir auch nichts«, sagte Pierre, doch dann wurde ihm klar, dass das Gespräch eine riskante Wendung zu nehmen drohte, und er entschloss sich, das Thema zu wechseln. »Lass uns später darüber reden. Unter vier Augen vielleicht?«

»Okay. Und du machst mir so lange einen von deinen Zaubertränken«, sagte die Tierärztin und ging zu einem freien Tisch.

»Ich ahne einen feuchtfröhlichen Abend«, meinte Cristina. »Mach ihr was, das Energie gibt, sonst liegst du neben einem schlappen Lappen im Bett.«

Nazzari schüttelte den Kopf. »Wasser trinken ist da besser. Aber das wird sie nicht tun. Sie will sich volllaufen lassen.« Und er dachte, dass das immer häufiger geschah.

»Würde ich auch, wenn ich mit einem wie dir zusammen wäre.«

Nazzari warf ihr einen bösen Blick zu.

Sie prustete los. »Sei nicht gleich beleidigt. Ich mach doch nur Witze.«

Nicht mehr als zwei Negronis waren nötig, um Nina auf ihre Lieblingshängematte zu befördern. Dort schlief sie bis zum Beginn des Konzertes einer südamerikanischen Gruppe. Als sie wieder zum Tresen kam, bestellte sie sich ein Bier und ein Panino.

»Alles in Ordnung?«, fragte Pierre.

»Sorry wegen vorhin. Aber ich hatte wirklich Sorgen, du hättest das mit uns missverstanden.«

»Ich habe es ganz ausgezeichnet verstanden, und ich höre mir gern noch so oft an, wie du willst, dass ich das Arschloch bin, mit dem du eine furchtbare Zeit verbringst.«

»Jetzt mach mal halblang«, entgegnete sie, getroffen, dass er ihr die Wahrheit so unverblümt ins Gesicht sagte.

»Nur eine Bettgeschichte, um nicht so allein zu sein. Das hast du gesagt, als du hier angekommen bist.«

»Daran war das Bier schuld«, log sie.

Die ganze Sache nervte Pierre enorm, doch damit Tore, das Ekelpaket, keinen Verdacht schöpfte, musste er weiterhin bis zu seinem Untertauchen Kontakt zu Nina halten. Und das war nicht mehr lang. Er befühlte die Seitentasche seiner Hose, in die er den kostbaren Umschlag des Franzosen gesteckt hatte, dann rang er sich ein versöhnliches Lächeln ab. »Und bei mir waren es die Hitze und die Müdigkeit.«

In dem Augenblick kam Cristina mit einer langen Liste von

bestellten Cocktails. »Der Gewinner des heutigen Abends: Margarita!«, verkündete sie.

»Ich geh ein bisschen Musik hören. Bis nachher«, sagte Nina und beschloss in dem Moment, dass sie bei Pierre zu Hause übernachten würde.

Es war wieder einmal eine typische aufgekratzte Sommernacht im *Un posto al sole*. Irgendwann machte Sebastiano die Kasse fertig und steckte das Geld in den Banknotengurt, den er um den Leib trug. In der Strandbar wurde ausschließlich bar bezahlt, und die Abendeinnahmen waren beträchtlich, vor allem, wenn es ein Konzert gab.

Trincas wandte sich an Pierre: »Ich bin vollkommen erledigt. Kannst du allein zumachen?«

»Geh ruhig nach Hause. Nina leistet mir Gesellschaft.«

Dreißig Meter weiter, von der Dunkelheit vollkommen verhüllt, stand ein Mann und betrachtete die Szene. Er hieß Ignazio Ghisu, eine mittlere Charge im lokalen Drogenhandel. Franchino hatte ihn angesprochen, versehen mit den wesentlichen Referenzen, und nach wenigen Stunden waren sie handelseinig gewesen. Die drei zuverlässigsten Schläger von Ghisu, Angelo, Kevin und Alex, erwarteten Pierre und Nina auf dem Parkplatz. Ghisu war ermahnt worden, keine Waffen einzusetzen. Nur Fäuste und Tritte. Es sollte aussehen wie eine der unzähligen Schlägereien, die es ständig am Strand gab. Nur dass diese hier ein schlimmes Ende nehmen sollte. Schlimm genug, um es auf die Titelseiten der Lokalzeitungen zu schaffen – und dann alsbald in Vergessenheit zu geraten. Die beiden Opfer hatten keine Wurzeln in der Stadt; niemand würde darauf bestehen, die Sache aufzuklären.

Die drei Schläger waren bis an den Rand voll mit Aufputschmitteln und Koks. Zu dritt kamen sie auf keine sechzig Jahre Lebensalter, dafür würden sie hart und schnell zuschlagen. Sie konnten es kaum erwarten, sich auszutoben. Ghisu beschloss, dass es nicht, wie ursprünglich geplant, auf dem Parkplatz passieren sollte. Dass Trincas schon früh nach Hause ging, machte es möglich, die beiden an einem diskreteren Ort fertigzumachen: in der Bar selbst.

»Treffpunkt bei mir. Andere Location«, flüsterte er ins Handy. Er liebte diesen englischen Begriff, ihm schien, dass er ihm besondere Autorität verlieh.

Als sie bei ihm waren, deutete er mit dem Zeigefinger auf die Strandbar. »Da drin. Und zwar jetzt«, befahl er, als wären sie gut abgerichtete Hunde.

Die drei setzten sich unhörbar in Bewegung. Der Angriff kam für Pierre und Nina völlig unvorbereitet. Angelo kümmerte sich um die Frau, die in der Hängematte schaukelte. Ein Fausthieb in den Bauch, und sie rang um Luft. Schon lag sie am Boden und wurde an den Haaren in die Bar geschleift. Sie versuchte aufzustehen, aber der junge Mann verpasste ihr einen Kopfstoß auf die Nase, und sie verlor das Bewusstsein. Die beiden anderen bearbeiteten Nazzari, der bald zu Boden ging, das Gesicht zu einer blutigen Masse zerschlagen. Er hatte sogar noch einen nicht allzu harten Haken auf Kevins Kinn landen können, der sich mit zwei Tritten in den Unterleib revanchierte, um dann einen von Pierres Füßen zu packen und sein Opfer gemeinsam mit dem dritten Mann ins Innere des Lokals zu schaffen.

Währenddessen hatte Angelo bereits Ninas Slip heruntergezogen und machte sich gerade den Gürtel auf. Ghisu hatte die Umgebung in den Augen behalten; kein Mensch zu sehen. Jetzt warf er noch zur Sicherheit einen letzten Rundblick, dann begab er sich zu seinen Männern. Er hatte einen Einfall.

Drinnen verpasste er demjenigen, der Nina vergewaltigte, einen Fußtritt. »Mensch, musst du ihn überall reinhängen«, rügte er ihn.

Angelo grunzte verärgert und machte unbeirrt weiter. Zwischen den beiden anderen war eine kleine Diskussion entstanden. Alex wollte Pierre mit einem Fußtritt auf den Kehlkopf den Rest geben, Kevin meinte, sie müssten ihn erst zu Matsch hauen.

»Schluss mit dem Quatsch«, rief ihr Boss aus, griff eine Flasche Rum und leerte sie über Pierre. Die beiden Männer grinsten fröhlich und taten es ihm gleich.

»He Leute, will noch einer?«, fragte Angelo, der sich die Hose zuknöpfte.

»In das Stinkloch steck ich doch mein' Prügel nich rein«, meinte Kevin abschätzig und goss Nina Grappa über Gesicht und Haare. Sie bewegte sich kaum noch, versuchte zu schreien, doch es war nicht mehr als ein Röcheln zu hören.

Ihr Boss befahl ihnen, den Mülleimer mit Papierservietten und Plastikbechern zu füllen und ihn dann in Brand zu setzen. Danach rannten sie Richtung Strand davon. Nach zehn Metern waren sie in der Dunkelheit verschwunden.

In diesem Augenblick befand sich Sebastiano Trincas nur ein paar hundert Meter entfernt; er kam zur Bar zurückgerast, denn ihm war das Geschenk eingefallen, das er am Abend auf jeden Fall seiner Frau überreichen wollte. Es war ihr Hochzeitstag, er hatte ihr einen Ring gekauft, und zwar keinen billigen Klunker, sondern ein Schnäppchen für dreitausend Euro, das er im Münzfach der Kasse verborgen hatte. Bevor er gegangen war, hatte er nur daran gedacht, die Banknoten aus der Kasse mitzunehmen.

Kaum war er aus dem Auto gestiegen, bemerkte er den Schein des Feuers und begriff, was da geschah. Hin und wieder ging eine der Strandbars in Flammen auf. Er rannte in das Innere, um den Feuerlöscher zu greifen, traf aber auf Nina, die versuchte, auf die Beine zu kommen, nahm sie in den Arm und brachte sie nach draußen in den Sand.

»Marco. Hilf ihm«, hustete sie.

Sebastiano kehrte nach drinnen zurück und fand Pierre, der immer noch ohne Bewusstsein war. Er schleifte ihn ins Freie, dann versuchte er zu löschen, doch es brannten bereits der Bodenbelag und die hölzerne Inneneinrichtung. Hastig holte er den Ring und schaffte es gerade noch hinaus, bevor die Flammen ihm den Weg abschnitten.

»Kannst du mir helfen?«, fragte er Nina und griff Nazzari unter die Achseln, um ihn hinzusetzen.

»Er muss liegenbleiben, bis der Krankenwagen kommt, vielleicht hat er innere Verletzungen«, protestierte Nina. »Außerdem müssen wir die Polizei und die Feuerwehr rufen.«

»Nichts da! Von wegen Polizei«, beschied Sebastiano knapp. »Wir müssen hier weg, bevor uns jemand sieht.«

»Was soll denn das?«

»Erkläre ich dir nachher.«

Verwirrt und schwankend half Nina ihm, sich Pierre auf die Schultern zu laden, zum Wagen zu bringen und dort auf den Rücksitz zu legen. »Setz dich zu ihm«, wies er sie an.

Während er wegfuhr, nicht zu schnell, um keine Aufmerksamkeit zu erregen, warf er noch einen Blick auf seine Strandbar. Was er mit so viel Mühe aufgebaut hatte, stand lichterloh in Flammen. Am liebsten hätte er seine ohnmächtige Wut hinausgeschrien und denen, die das zu tun gewagt hatten, Rache geschworen, doch hatte das alles ganz sicher mit Nazzari zu tun, und er fürchtete, die Verantwortlichen könnten mit Leuten von Tores Schlag zusammenhängen. Und dann würden ihm alle Schreie nichts nützen.

Viele Jahre lang war Gianni Mascia ein hervorragender Chirurg gewesen, bis etwas in seinem Kopf durcheinandergeraten war und er seinen Jähzorn nicht mehr beherrschen konnte. Eines Morgens hatte er versucht, seine Frau mit einem traditionellen, von seinem Großvater geerbten Haumesser auszuweiden – so war er Familie und Job losgeworden. Jetzt war er in Therapie, die Seelenklempnerin war mit seinen Fortschritten zufrieden, er nahm regelmäßig seine Pillen, doch die Ärztekammer würde ihm nie im Leben die Zulassung wiedergeben. Also hatte er einen Raum im Erdgeschoss des von den Eltern geerbten alten Hauses im Viertel Sant'Avendrace zu einer Ambulanz umgebaut und behandelte inzwischen Illegale und Unterweltler. Eine Liege, ein kleiner Schrank, ein alter Schreibtisch, ein paar Stühle und ein Ventilator.

»Euer Freund hat eine Blinddarmentzündung. Er muss ins Krankenhaus, sonst stirbt er«, erklärte er gerade zwei Senegalesen, deren Landsmann sich vor Schmerzen krümmte.

In dem Moment kam Sebastiano ohne anzuklopfen herein.

»Ich dachte, dein Kopf ist jetzt in Ordnung?« Sebastiano ignorierte die Worte, mit denen Mascia ihn empfing, und gab den beiden Senegalesen mit einer Geste zu verstehen, sie sollten ihm folgen. Kurz darauf trugen sie den leise wimmernden Pierre herein. »Hui, den haben sie ja wirklich übel zugerichtet«, meinte der Arzt. Dann bemerkte er Nina. »Ganz schön was los heute Nacht in der Stadt.« Der Alkoholgestank der beiden stieg ihm in die Nase. »Was habt ihr denn gemacht? In Grappa gebadet?«

Er debattierte noch kurz mit den Afrikanern und konnte ihnen klarmachen, dass ihr Freund eher die Ausweisung riskieren sollte als eine von der Stadt Cagliari gesponserte Beerdigung. Endlich konnte er sich um Pierre kümmern. »Auf den ersten Blick habe ich es für schlimmer gehalten«, meinte er nach der

Untersuchung. »Wenn er keine inneren Verletzungen davongetragen hat, ist er in zehn Tagen wieder auf den Beinen. Wenn auch nicht mehr ganz mit demselben Lächeln und demselben Profil.«

Schließlich drehte er sich zu Nina um, die an eine Wand gelehnt dastand, und sah sich ihre Nase aus der Nähe an. »Klassischer Kopfstoß, typische Spezialität aus Cagliari«, so lautete seine Diagnose. »Leider ein komplizierter Bruch«, fügte er hinzu. Als ihm Ninas Blick auffiel, kam ihm ein Verdacht. Er nahm sie bei der Hand und führte sie in den Nachbarraum, ein lange nicht mehr gelüftetes Schlafzimmer. Der muffige Geruch und die Hitze waren unerträglich. Er brachte sie dazu, sich aufs Bett zu legen, und hob behutsam ihren Rock hoch.

»Ja, ich bin vergewaltigt worden«, sagte Nina mit dünner Stimme.

»Ich kann Ihnen etwas besorgen, womit wir wenigstens eine Schwangerschaft ausschließen können.«

»Danke.«

»Ich halte das für oberflächliche Abschürfungen, keine ernsteren Verletzungen, aber ich bin kein Gynäkologe.«

Nina nickte. Der Befund deckte sich mit ihrem Eindruck.

»Ich werd jetzt erstmal Ihren Freund zusammenflicken«, meinte Mascia trocken. »Wenn Sie mögen, können Sie hierbleiben.«

Nina war ihm dafür dankbar. Sie wollte nur noch heulen, aber damit wartete sie, bis Mascia aus dem Zimmer war. Unvermittelt fiel ihr ein anderer Fall von Vergewaltigung ein, der sie sehr betroffen gemacht und über den sie an der Uni viel mit ihren Freundinnen geredet hatte. Das Opfer war eine englische Ärztin, die während des Bürgerkriegs in Ex-Jugoslawien gemeinsam mit ihrem Mann dort der Zivilbevölkerung helfen wollte. Zufällig hatten sie Verletzte beider Seiten behandelt und waren deswegen gekidnappt worden. Sie wurde tagelang vergewaltigt und ihr Mann vor ihren Augen umgebracht. Genickschuss. Ein Umschwung im Frontverlauf hatte ihre Peiniger gezwungen, sich zurückzuziehen, doch vorher nagelten sie sie nackt an eine Tür und schossen ihr ins Schienbein und in die Wirbelsäule. Irgendwer erbarmte sich irgendwann ihrer und zog behutsam die Nägel heraus, womit er die junge Engländerin rettete. Nach langer Rekonvaleszenz beschloss sie zurückzugehen und das Einzige zu tun, was sie konnte, nämlich als Ärztin zu arbeiten. Und so erlebte sie die Bombardements mit, sie atmete mit Nanopartikeln verseuchte Luft, aß und trank belastete Nahrungsmittel, bis eine unermessliche Mattigkeit sie befiel. Chronisches Erschöpfungssyndrom. Sie kehrte nach England zurück, und der Krebs fraß sie in kurzer Zeit auf. Sie wollte ihren Körper der Nanopartikelforschung zur Verfügung stellen, aber ihr Fall wurde unter Verschluss gehalten, und ihr Leichnam landete auf dem Sektionstisch irgendeines Militärlabors.

Für Nina war diese Frau immer eine tragische Heldin des Guten gewesen, doch jetzt fühlte sie sich ihr nah, und zum ersten Mal bewunderte sie ihren Mut. Der Gedanke an das, was die Ärztin erduldet hatte, half ihr in ihrer eigenen Not. Sie hatte während der Vergewaltigung die Besinnung verloren, war zwar einigermaßen überzeugt, dass es nur einer gewesen war, ganz und gar sicher war sie sich allerdings nicht. Vielleicht hatte Marco etwas gesehen und konnte ihr helfen, den ganzen Horror etwas zu sortieren. Die Pille danach würde ihr die letzte Angst nehmen. In Belgien hatte sie erfahren, dass die Vaginas der Frauen von manchen Heimkehrern aus dem Irak unversehens entzündet und von blutenden Wunden übersät waren, sodass sie sich zur Linderung mit Eiswürfeln gefüllte Präservative einführen mussten. Die Nanopartikel waren auch im Sperma vorhanden und verursachten Verletzungen und Schmerzen. Zivile-Wissenschaftler mutmaßten, dass hier durch die Explosionshitze entstandene Kobaltlegierungen am Werke waren, denn die Augen der dunkeläugigen Soldaten waren blau geworden. Und keiner entging dem Verhängnis: chronische Erschöpfung, Knochenschmerzen, Gedächtnisverlust, dann Krebstod. Auch etliche Ehefrauen erkrankten oder brachten schaurig verunstaltete Kinder zur Welt.

Nina schloss die Augen und versuchte, diese Gedanken zu verjagen. Zusätzlich zu all der Gewalt hatten sie versucht, sie bei lebendigem Leib zu verbrennen. Sebastiano hatte weder Polizei noch Krankenwagen rufen wollen. Sie war überzeugt, dass zwischen dem Raub ihres PC und diesem Anschlag eine Verbindung bestand. Der Albtraum war noch nicht vorbei, dessen war sich Nina gewiss, während sie sich in das durchgelegene Bett kuschelte.

Mascia gab Pierre etwas zum Einschlafen, dann richtete er ihm die Nase und nähte seine Augenbrauen, die Lippen und das linke Ohr.

»Du hast immer noch genauso eine sichere Hand wie früher«, bemerkte Sebastiano.

»Hier übe ich ja schließlich jeden Tag.«

»Es heißt, du wärst ein Polizeiinformant?«

»Stimmt«, gab der Arzt gelassen zu. »Schussverletzungen und Flüchtlinge muss ich melden. Und sie haben mir ein Fotoalbum dagelassen.«

»Und was kriegst du dafür?«

»Dass ich weiter Doktor spielen kann«, seufzte Mascia. »Wenn sie mir das auch noch nehmen, springe ich von der Bastion.«

»Muss ich mir Sorgen machen?«

Gianni Mascia fuhr mit Nadel und Faden fort. »Du wärst nicht hier, wenn du mir nicht trauen würdest. Und ich kann dir noch zwei gute Gründe verraten. Erstens kostet es dich tausendfünfhundert Euro, zweitens finde ich, vergewaltigte Frauen brauchen Ruhe.«

Sebastiano ließ das Gehörte unkommentiert, nahm die Information einfach zur Kenntnis. Er hatte andere Sorgen. Er war immer sicher gewesen, dass niemand es wagen würde, ihm derart übel mitzuspielen, so sicher, dass er die Bar nicht feuerversichert hatte; er hatte sich dessen sogar vor den Inhabern anderer Strandbars gebrüstet. Jetzt würde er am liebsten mit dem Kopf gegen die Wand rennen und dazu »Idiot, Idiot!« schreien. Er war überzeugt, dass der Anschlag in Wahrheit Marco und Nina galt und der Brand nur dazu dienen sollte, die Spuren zu vernichten. Gut möglich, dass Tore Moi und Mario Cannas hinter der Sache steckten.

Sebastiano war ein aufgeweckter Typ, und der gesunde Menschenverstand legte ihm nahe, Pierre und Nina ihrem Schicksal zu überlassen und nach Hause zu gehen, seiner Frau den Ring zu überreichen und morgen von null an neu anzufangen. Aber er war einfach zu angepisst. Die Bar war sein Werk gewesen, niemand durfte sich erlauben, Hand daran zu legen. Das würden sie ihm bezahlen. Auch wenn es um Tore Moi ging, der ihn an den Eiern hatte wegen eines abgehörten Telefonats, von dem die Polizei nichts mitkriegen durfte. Dreißig Sekunden, die ihm etliche Jahre Gefängnis einbringen könnten. Und wegen denen er sich aus Cagliari verabschieden müsste, denn die Sache war sehr verzwickt, ein Haufen Leute steckte mit drin, und er würde für den Rest seines Lebens untertauchen müssen.

Kurzum, für Sebastiano stand eine Menge auf dem Spiel, doch das scherte ihn nicht. Er wollte nur einfach die Auftraggeber des Anschlags ausfindig machen und sie mit Fußtritten massakrieren. Diejenigen, die Pierre so zugerichtet hatten, waren echte Profis, aber er selbst war ein gefürchteter Schläger, und trotz seiner vierundvierzig Jahre würde er sie in Klump und Asche hauen.

Er spürte, jetzt hatte er die Schwelle zu einer Art von Problemen überschritten, die sich, war man einmal darin verwickelt, nicht mehr steuern ließen. Er spürte es einfach. Aber auch das war ihm egal.

»Wann kommt er wieder zu sich?«, fragte er mit einem Blick auf Pierre.

»Nachmittags«, sagte der Arzt. »Wenn er sich erbricht oder es ihm schlechter geht, schau zu, dass du ihn ins Krankenhaus schaffst. Oder hierher. Dann kümmere ich mich um ihn.«

»Nur die Ruhe, ich lass ihn schon nicht sterben.«

»Bring ihn in gut einer Woche wieder her, dann ziehe ich ihm die Fäden.«

Sebastianos Handy klingelte. Gloria, seine Frau, vollkommen außer sich, weil sie gerade von der Polizei erfahren hatte, dass *Un posto al sole* in Flammen aufgegangen war.

»… Nein, das Wichtigste ist, dass es dir gut geht. Ich hab so einen furchtbaren Schrecken gekriegt«, meinte sie schließlich etwas erleichterter.

»Es geht mir gut, keine Sorge.«

»Sie erwarten dich an der Bar.«

»Ich fahre gleich hin.«

Die Sonne stand schon hoch am Himmel, als Trincas Pierre und Nina in einem Landhaus in der Nähe der Lagune von Simbirizzi auf dem Land bei Quartu Sant'Elena unterbrachte. Es gehörte einem Typen, der ihm jede Menge Geld schuldete und jetzt in Österreich lebte. Über das Haus hatte er nie mit einer

Menschenseele geredet, nichts auf der Welt konnte ihn mit dem Ort in Verbindung bringen. Das Versteck war absolut sicher und dabei nicht einmal allzu schäbig oder gar baufällig. Sebastiano hatte immer Wert darauf gelegt, es gut in Schuss zu halten, irgendwann mochte es ja von Nutzen sein. Pierre schlief sofort weiter, Nina stellte sich angezogen unter die Dusche, unter der sie sich schließlich erschöpft und langsam entkleidete. Das Wasser war kalt, es machte ihr nichts aus, ihr war, als wäre der Gestank des Schnapses bis unter die Haut gedrungen. Danach ging sie, in ein Badetuch gehüllt, ins Schlafzimmer zurück, streifte Pierre die Schuhe ab, löste seinen Gürtel und zog ihm behutsam die Hose herunter. Als sie sie aus Gewohnheit faltete, fiel aus einer der Seitentaschen ein Umschlag heraus. Nina hob ihn auf und untersuchte den Inhalt. Mit zwei Fingern zog sie den Reisepass hervor, als wäre er brühheiß, und als sie unter dem Foto dessen, den sie bislang als Marco de Rossi gekannt hatte, einen anderen, offenbar französischen Namen las, fühlte sie sich noch verlassener, verzweifelter und bedrohter. Am liebsten hätte sie Sebastiano angerufen, aber ihr Handy war mit der Handtasche verbrannt. Sie setzte sich auf die Bettkante und wartete, dass das Arschloch, mit dem sie geschlafen hatte, aufwachte.

Von der Strandbar waren nur die drei letzten Buchstaben der Leuchtschrift übrig geblieben. Schwarz angelaufen, verformt, aber noch lesbar. Alles andere war Asche und Klumpen geschmolzenen Plastiks. Mit Bravour und Bescheidenheit spielte Sebastiano Trincas die Rolle des ruinierten Inhabers. Die Polizisten setzten ihm mit allen möglichen Fragen zu, doch am meisten schmerzten ihn die Beileidsbesuche der anderen Barbesitzer, die ihm zwar ihr in manchen Fällen nicht einmal geheucheltes Bedauern ausdrückten, jedoch nicht anders konnten, als sich auszurechnen, wie viel Mehreinnahmen das jetzt für sie bedeutete. Er nutzte die Gelegenheit, Cristina und die anderen jetzt arbeitslos gewordenen Mädchen unterzubringen.

»Ich hab gehört, du sollst so einen tollen Barkeeper haben?«, fragte einer, der sich besonders für Pierre interessierte.

»Der hat schon was in Porto Cervo gefunden«, log Sebastiano prompt.

Außerdem musste er die Stammkunden trösten, die auf einmal ihre Lieblingsbar verloren hatten: »Und wo sollen wir jetzt hingehen?«, fragten sie bekümmert.

Sebastiano kochte innerlich. Er wollte möglichst schnell nach Hause zu Gloria, die keine Lust gehabt hatte, sich das Desaster anzusehen. Unterwegs würde er allerdings noch in einer bestimmten Kneipe haltmachen und das Gerücht streuen, dass er bereit sei, gut für eine Information zu zahlen. Überflüssig zu sagen, für welche.

Jetzt waren erst einmal die Journalisten und die Kamerateams der Privatsender an der Reihe. In die Mikrophone sagte er, die Brandstiftung müsse das Werk auswärtiger Rowdys sein. In der Menge der von den TV-Kameras angelockten Neugierigen stand auch Kevin und verfolgte das Interview, einen Eiswürfel lutschend, völlig baff, dass niemand zwei verbrannte Leichen erwähnte.

Als Trincas später in die Kneipe im Viertel Sant'Avendrace trat, wussten bereits alle, was passiert war.

»Eine Lokalrunde auf mich«, bestellte er und legte einen Hunderter auf den Tresen. »Und ganz besonders freue ich mich, wenn jemand interessante Neuigkeiten für mich hat.«

Er kippte ein Glas Bier hinunter und legte noch einen Schein desselben Wertes dazu, falls jemand die Botschaft noch nicht ganz begriffen hatte.

Zu Hause angekommen, umarmte Gloria ihn fest, flüsterte

ihm liebevolle und tröstende Worte ins Ohr und erinnerte ihn ans Familienmotto: Herz, Eier und Stolz. Sebastiano war sterbensverliebt in seine Frau. Sie waren seit einer Ewigkeit zusammen, und er verdankte ihr sehr viel. So hütete er sich wohl, ihr von seinen Racheplänen zu berichten. Sie wäre die Einzige gewesen, die ihn davon abbringen könnte.

Aus der Tasche nahm er den Ring, den er aus den Flammen hatte retten können. »Herzlichen Glückwunsch zum Hochzeitstag«, schnurrte er ihr ins Ohr. Dann ging er duschen.

»Bist du auch wirklich sicher?«, fragte Ghisu zum x-ten Mal.

Kevin schnaubte verächtlich. »Was soll ich sagen? In dieser Strandbar ist niemand gestorben.«

»Wie sollen die denn da rausgekommen sein?«, platzte Alex heraus. »Wir hatten die völlig fertiggemacht.«

»Hast du die Frau nur gefickt oder auch zusammengeschlagen?«, fragte der Chef Angelo, der ungestört mit der Klinge eines Klappmessers ein paar Linien Koks bereitmachte.

»Die war hinüber, bombensicher.«

»Ich hab nur gesehen, wie er ihr 'nen Kopfstoß auf die Nase verpasst hat«, bemerkte Alex.

»Ach, und den Tritt in den Bauch nicht oder was?«

»Mehr nicht?«, fragte Ghisu. »Kaltmachen solltest du sie, das war der Befehl.«

»Der wollte keine Tote vögeln, das war's«, kicherte Kevin.

»Die muss aufgewacht sein und ihren Freund rausgeschafft haben. So und nicht anders.«

Ignazio Ghisu war es egal, wie es abgelaufen war, er wusste nur, dass er ein Problem hatte. Sobald sie von der brennenden Bar weggegangen waren, hatte er Franchino eine SMS geschickt: »Die Freunde sind weg.« In Wirklichkeit waren sie wer weiß wo, und er musste sie schnellstens auftreiben, bevor der Auftraggeber ihm auf den Pelz rückte.

Er machte sich nicht zu Unrecht Sorgen. Ungefähr eine Stunde vorher hatte Ceccarello per Telefon Franchino heruntergeputzt, weil er sich von einem blöden Dealer hatte verarschen lassen. Via Satellit hatte er von seiner Yacht aus die sardischen Nachrichtensendungen verfolgt, in der Hoffnung, Nazzaris verkohlten Leichnam zu sehen zu bekommen, die Journalisten hingegen hatten mehrfach betont, zum Glück sei niemand zu Schaden gekommen.

Franchino stellte sich gerade in einer Schlange an, um ein Ticket für den nächsten Flug nach Cagliari zu bekommen. Er war nicht allein. Neben ihm wartete ein großgewachsener, schlanker und völlig kahler Mann in den Vierzigern. Er ließ sich Luca nennen. In seinen Kreisen hieß er allgemein Luca, der Neapolitaner. Er hatte sich im Kosovo von den Albanern als Söldner anheuern lassen und hatte in Scampia, einem Vorort von Neapel, auf Seiten der Di Lauro im Krieg der Camorra-Clans mitgekämpft. Ein Haftbefehl hatte einen Luftwechsel geraten erscheinen lassen, aber er war nicht lange arbeitslos gewesen. Gewisse professionelle Fähigkeiten bleiben nie lange ungenutzt.

Pierre wurde von den Schmerzen geweckt, die überall in seinem Körper pochten. Er schlug die Augen auf und sah Nina von hinten, auf dem Bettrand sitzend. Sie wirkte niedergeschlagen. Ihm trat das Bild eines der Angreifer vor Augen, wie er ihren Rock hochschob. Ein klares Foto, aber mehr nicht. An dem Tag, als Deidda ihm bedeutet hatte, er werde irgendwann »an andere« weitergegeben, da hatte er sich gefragt, was wohl aus ihm werden sollte, falls er einmal nicht mehr gebraucht würde. Die Antwort hatte er vor ein paar Stunden erhalten.

»Ich lebe ja noch, wie kommt das?«

Nina drehte sich mit einem Ruck um. »*Wir* leben noch, du Arschgesicht. Sie wollten mich auch verbrennen, aber erst haben sie mich zusammengeschlagen und vergewaltigt.«

»Das tut mir leid.«

»Ach, leid tut dir das?«, rief sie wütend. »Du erzählst mir alles, und zwar jetzt sofort!«

»Wie, erzählen?«

Sie schleuderte ihm den Reisepass ins Gesicht. »Zum Beispiel, wer du bist, du Lügner.«

Pierre kniff die Augen zusammen. Der Aufprall des Dokuments auf den frisch genähten Lippen tat verdammt weh. Nina hatte recht. Der Moment der Wahrheit war gekommen. »Ich heiße Pierre Nazzari und bin ein Deserteur«, so fing er an.

Nina hörte schweigend zu, bis zu der Stelle, als Pierre von dem Raub ihres Laptops erzählte. Als sie erfuhr, dass er das gewesen war, geriet sie außer sich, beschimpfte ihn und brach in Tränen aus. Nazzari wartete, bis sie sich beruhigt hatte, dann fuhr er fort. Irgendwann kam Sebastiano Trincas mit Proviant und ein wenig Kleidung zum Wechseln; Pierre berichtete gerade von seiner Begegnung mit der Französin und ihrem Bodyguard.

»Was ist los?«, fragte er.

»Du setzt dich hin und hältst den Mund«, gebot ihm die Tierärztin. »Du hast das Stück Scheiße eingestellt, damit es mir nachspioniert.«

»Sie haben mich dazu gezwungen, und ich hab nicht gewusst, dass du das Ziel bist«, verteidigte er sich mit einer Halbwahrheit.

»Das stimmt«, kam ihm Pierre zu Hilfe. »Er hat nichts wissen wollen.«

»Außerdem solltest du mich nicht so behandeln, Nina«, stellte Sebastiano klar. »Ich hab eure Haut gerettet, hab euch zum Arzt gebracht und beschütze euch.«

»Entschuldige«, meinte Nina eilig. »Ich bin so durcheinander.« Sie zeigte ihm Nazzaris Pass und gab eine rasche Zusammenfassung dessen, was sie bis zu Sebastianos Ankunft gehört hatte.

»Böse Sache«, meinte Trincas. »Was sollten wir noch wissen, Pierre?«, fragte er und benutzte zum ersten Mal diesen Namen.

Pierre berichtete alles bis zur Übergabe der falschen Papiere wenige Stunden vor dem Überfall.

»Wir müssen zur Polizei gehen«, meinte Nina, »anders kommen wir nicht heil aus der Sache raus.«

Sebastiano musterte sie. Sie war zu erschüttert, um klar denken zu können. Das sagte er ihr auch. »Erst einmal müssen wir herausbekommen, wer euch diesen üblen Streich gespielt hat. Falls Leute wie Tore Moi oder Ceccarello dahinterstecken, dürfen wir keine übereilten Beschlüsse fassen. Bis dahin müsst ihr euch hier verstecken.«

»Ich bin weder ein Deserteur noch ein geflohener Verbrecher«, erwiderte die Tierärztin patzig. »Ich bin eine anständige Bürgerin, die verfolgt, beraubt, überfallen und vergewaltigt wurde, und ihr findet, ich darf nicht zur Polizei gehen?«

Trincas seufzte. »Warum willst du den Mann hinter Gitter bringen, der dir das Leben gerettet hat?«

Nina starrte ihn verblüfft an. »Das will ich ja gar nicht, aber irgendwann ist der Moment da, in dem man zu seiner Verantwortung stehen muss.«

»Schöne Worte. Leider sind sie vollkommen sinnlos.« Trincas stand auf und ging zur Tür. »Ihr habt jetzt für ein paar Tage genug zu essen. Ich hoffe, ich kann bald wiederkommen.«

Am nächsten Morgen las Tore Moi in der Zeitung den Bericht vom Brand der Strandbar, bezog das Geschehen jedoch keineswegs auf Nazzari und Nina, sondern verbuchte das Ganze als

Abrechnung zwischen früheren Geschäftspartnern oder als Streit zwischen den Halbstarken, die am Poetto ihr Unwesen trieben. Ihn interessierte vielmehr ein Artikel auf Seite vier der Lokalzeitung, dessentwegen der Senator ihn eiligst zu sich gerufen hatte.

»Die Schützen kommen: Mehr als tausend Bersaglieri werden auf die Insel verlegt. Fortsetzung des Ausbaus der Basis auf Capo Teulada. Es entsteht das Zentrum des Krieges der Zukunft.«

Zügig überflog Tore noch einmal die Zeilen, die er rot angestrichen hatte: »Das Dritte Schützenregiment wird aus Mailand nach Capo Teulada verlegt und der Brigata Sassari unterstellt … Rasche Fertigstellung der für die Beherbergung der sechzehnhundert nötigen Infrastruktur … Folglich wird die Tätigkeit des Ersten Panzerregiments fortgeführt, ebenso die Fortbildungsmaßnahmen, für welche die Militärbasis bekannt ist … Siebenundzwanzig Millionen Euro werden auf Capo Teulada für die Erstellung des Combat Training Center investiert, das dazu dienen soll, mittels modernster Techniken den Realitätsgrad der Simulationen zu steigern …«

Tore war besorgt. Davon hatte er nichts gewusst, und er fürchtete, dass auch der Senator nicht auf dem Laufenden war. Mario steuerte den Wagen schweigend. Er wusste, wenn sein Partner schlecht gelaunt war, ließ man ihn am besten in Ruhe. Er selbst hätte gern etwas zu dem Brand von *Un posto al sole* gesagt und vor allem gern mal ein paar Takte mit dem Sackgesicht von Sebastiano gesprochen, der immer gut darauf achtgab, sich keine Feinde zu machen, aber an dieser Sache war doch allzu deutlich etwas faul. Er dachte, er sollte Manns genug sein zu sagen, er würde sich persönlich darum kümmern, während Tore beim Senator einen auf große Politik machte. Doch er brachte nichts heraus, die Stimme saß ihm irgendwie in der Kehle fest. Er fürchtete, eine Antwort zu hören in der Art von: Er solle schön die Klappe halten und gehorchen, denn »ihr vom Justizvollzug könnt eh nur Zellen auf- und zusperren«. Tore konnte ihm mit seiner Scheißstimme derart auf die Nerven gehen, dass er am liebsten das Lenkrad zerquetscht hätte. Und Tores Gurgel.

»Mario, was ist mit dir?«

»Nichts, ich hab heut Nacht schlecht geschlafen.«

Der Senator war in einer früheren Regierung ein hohes Tier gewesen, hatte sich jedoch gegenüber dem Großen Häuptling eine Verfehlung zuschulden kommen lassen und war auf die Reservebank verbannt worden. Aber er war ein alter Hase, der schon in der Nachkriegszeit eine Rolle gespielt hatte. Nachdem man ihn von den Listenplätzen ausgeschlossen hatte, war er in seine Heimat zurückgekehrt, nach Sardinien, wo er binnen kürzester Zeit seinen Platz an der Spitze zurückerobert hatte. Heute erwog er ernsthaft, ob er als Regionalpräsident kandidieren sollte. Wirklich keine leichte Entscheidung. Niemand hatte sich bislang dazu bereit erklärt, aus Angst, vorzeitig verbrannt zu werden. Er mehr als alle anderen. Er wollte definitiv wieder an die Macht, durfte sich allerdings keine Fehler mehr leisten. Tore arbeitete gern für ihn. Der Senator war ein gebildeter Mann, mit liebenswertem, zurückhaltendem Auftreten, und vor allem stand er zu seinem Wort. Natürlich nur für seine Freunde, doch das war heutzutage schon eine Menge.

Tore kam pünktlich, die anderen waren bereits da. Freunde des Senators, die er samt und sonders mit dem rechten Maß an Ehrerbietung behandeln musste, denn er stand eine Stufe unter ihnen, und ihm war nur zu bewusst, dass er nie an sie heranreichen würde. Sie fanden sich alle um einen Tisch im extra dafür reservierten Besprechungsraum desselben Hotels ein, in dem Ceccarello abgestiegen war, weil auch sie konkrete wirtschaftliche Interessen an dem militärischen Sperrgebiet Salto di Quirra hatten, bekannt als Perdas de Fogu. Der Senator war der Garant der lokalen Interessen, die er bei der Regierung vertrat, beim Minister und bei dem Kombinat von Industriellen.

Der Politiker hob den Blick zu Tore, reichte ihm lächelnd die Hand, lauschte aber weiter aufmerksam einem Fünfzigjährigen, der bei gewissen Auftragsvergabeverfahren die Finger im Spiel hatte: »Hab ich dir doch gesagt: Wenn der Mann, der dem Alten am nächsten steht, sich hier unten eine Villa baut, statt an der Costa Smeralda, dann lässt das Böses vermuten.«

»Vielleicht hatte er keine Lust, ständig den Alten vor der Nase zu haben«, scherzte der Senator unaufgeregt.

»Aber aus dem Geschäft sind wir raus«, entgegnete der andere. »Wenn die Fristen stimmen, die in der Zeitung stehen, sind die Würfel längst gefallen.«

»Wohnungen und Infrastruktur für eintausendsechshundert Mann«, warf einer der beiden anwesenden Bauunternehmer verbittert ein.

Der Senator strich sich mit der Hand durchs frisch schwarzgefärbte Haar. Graue Haare gingen in der Politik einfach nicht mehr. »Noch heute fahre ich nach Rom und mache an passender Stelle deutlich, dass das hier unser Gelände ist und nichts ohne unsere Beteiligung vom ›Kontinent‹ aus verfügt werden kann.«

»Bist du sicher, dass die nicht längst Mittelsmänner vor Ort haben?«

»Ich wäre geneigt, das auszuschließen«, antwortete der Senator. »Unsere Leute wissen, dass ich der Zuständige bin.« Er setzte die Brille auf und entnahm einer eleganten ledernen Aktenmappe einen Zeitungsausschnitt. »Dreißig Kilometer unberührte Küste in einem friedlichen Landstrich wie unserem werden regelmäßig bombardiert«, las er laut die Reaktion des Gouverneurs auf die Nachricht von der Stationierung der Bersaglieri vor. »Und nur ein Drittel der damit einhergehenden Aufträge werden auf der Insel vergeben. Das ist inakzeptabel. Erstens wünschen wir keine Verstärkung der Kräfte, zweitens wollen wir, dass die bereits vorhandenen Strukturen rückgebaut und Land sowie Meer saniert werden.«

»Geschwätz«, brummte der Bauunternehmer, der bislang geschwiegen hatte. »Die können sowieso nichts unternehmen. Weder er noch die Pazifisten, nicht mal die Madonna di Bonaria.«

Der Politiker lächelte. »Immerhin hat ein Minister Ihrer Koalition uns bei Perdas de Fogu die Türen weit geöffnet, doch jetzt bringt die Diskussion um Teulada die Umweltfrage wieder auf den Tisch, und das ist unser schwacher Punkt. Wir müssen die Sache in akzeptablen Grenzen halten, alles muss ausschließlich in der Kompetenz der Armee bleiben.«

Der pensionierte General, dessen Aufgabe es war, den Kontakt zu den hochgestellten besternten Chargen sicherzustellen, räusperte sich: »Da mach dir mal keine Sorgen«, sagte er. »Abgesehen davon haben wir ja mit Hilfe der Kommissionen nachgewiesen, dass von dem Sperrgebiet keine Umweltgefährdung ausgeht; es verursacht keine Krankheiten, und um es zu säubern, braucht man nur das benutzte Material wegzuräumen.«

Der Senator verzog die Lippen. »Gut. Wir brauchen eine lange skandalfreie Zeit.«

»Die kriegen wir auch«, antwortete der Offizier. »Rüstungsindustrie und Privatunternehmen verstärken jetzt ihre Forschungs- und Testaktivitäten. Wir haben eine Menge Wissenschaftler zur Hand, die jeden Versuch unterdrücken werden, Perdas de Fogu zu diskreditieren. Und wenn das nicht genügt, brauchen wir nur mit den Fingern zu schnipsen, und schon kriegen wir von allem, was in italienischen und europäischen Universitäten Rang und Namen hat, die Unterstützung, die wir wollen. Abgesehen davon genügt ja wohl die Tatsache, dass das Sperrgebiet zur Erprobung des neuen unbemannten Kampfflugzeugs ausgewählt wurde, um der neuen Geschäftsführung ein sauberes Image zu geben.«

Der Politiker lächelte befriedigt und wandte den Blick Tore zu. Bei diesen Treffen sprach Tore als Sicherheitsbeauftragter immer als Letzter und ging als Erster. Sein Bericht schloss den ersten Teil ab. Beim zweiten, dem Geschäftlichen vorbehaltenen, war seine Anwesenheit nicht vonnöten.

»Es ist alles unter Kontrolle«, sagte er. »Die feindlichen Subjekte stehen unter ständiger Beobachtung unserer Freunde von der Polizei, und es gibt keine relevanten Neuigkeiten.«

»Das wissen wir alles schon.« Der Senator wedelte ungeduldig mit der Hand.

Tore Moi biss sich auf die Zunge und fuhr in verändertem Tonfall fort: »Aus ihren eigenen Äußerungen kann hergeleitet werden, dass sie nur eine verschwommene Vorstellung davon haben, was in Perdas de Fogu vor sich geht, und keine hinderlichen Aktionen vorbereiten können. Sie reden viel, beschließen wenig.«

»Und in der Region selbst?«, fragte der General.

»Die üblichen Meinungsverschiedenheiten, je nach Interessenlage«, erklärte Moi. »Wir konnten feststellen, dass es eine gute Idee war zu streuen, das Gerede von militärischer Umweltverschmutzung würde den Absatz von Nahrungsmittelprodukten aus der Gegend erschweren. Jetzt passen alle ein bisschen besser auf, was sie sagen.«

»Schnüffler?«, fragte der General.

»Wir verfolgen die Aktivitäten von ein paar Technikern, die

von Bürgerinitiativen oder Verwandten von erkrankten Personen beauftragt wurden, den Elektrosmog von Radar- und Funkgeräten zu untersuchen.«

»Und was haben sie herausgefunden?«, fragte der Senator.

Moi zuckte mit den Schultern. »In einem Telefongespräch hat es geheißen, Salto di Quirra sei ein riesiger Mikrowellenherd, und dann haben sie eine Menge wissenschaftlicher Daten ins Netz gestellt, aber Probleme hatten wir damit keine.«

»Die lassen auch nie locker«, seufzte der General angewidert.

»Wir werden sie nicht los«, bestätigte der Verantwortliche für die öffentlichen Aufträge. »Darum müssen wir die Insel auch wieder in die Hand bekommen.«

Der Senator ignorierte den Einwurf und dankte Tore für seinen wichtigen Beitrag, der aufsprang und ihm eilig die Hand drückte, bevor er sich zur Tür wandte.

Nina hatte kein Auge zugemacht, zu sehr quälte sie die Unentschlossenheit. Sie hatte nicht die geringste Absicht, auf illegale oder mafiöse Methoden zurückzugreifen, um aus dieser Sache herauszukommen. Seit der Vergewaltigung hatte sie ein extremes Bedürfnis nach Gerechtigkeit und moralischer Sauberkeit, und das Leben im Versteck machte sie wahnsinnig. Das Problem war Sebastiano Trincas. Sie wollte ihm auf keinen Fall schaden. Pierre Nazzari war ihr herzlich egal, der konnte von ihr aus im Zuchthaus verfaulen. Auf der Suche nach einer Lösung hatte sie noch das kleinste Detail der ganzen Geschichte aus ihm herausgequetscht, obwohl sie manchmal hatte laut werden müssen, als er sich an etwas nicht so ganz genau erinnern konnte oder wollte.

Am Ende war doch etwas Brauchbares herausgekommen, und eben darüber grübelte sie seit einer Weile nach.

Der einzige Offizielle, an den sie sich wenden konnte, ohne auf einer Wache erscheinen und eine Aussage unterschreiben zu müssen, war Tenente Deidda. Er hatte keinerlei Interesse daran, bekannt werden zu lassen, dass er einen Deserteur benutzt hatte, um einen anderen Flüchtigen zu stellen. Er würde diskret in der Sache des Mordversuchs ermitteln, sie beschützen und diesen ominösen Tore Moi auf Abstand halten, vor dem Pierre wie Sebastiano so Angst hatten. Sie erwog gründlich jeden einzelnen Aspekt ihres Plans. Er schien lückenlos aufzugehen. Um Trincas brauchte sie sich keine Sorgen zu machen. Deidda würde Moi, Sebastianos Erpresser, in Schach halten, er selbst hätte mit der ganzen Sache nichts zu tun.

Die Tierärztin stand auf und betrachtete Pierre, der sich schlafend stellte. Dann ging sie duschen. Zum x-ten Mal.

Sobald Nazzari spürte, dass Nina aus dem Raum war, schlug er die Augen auf. Das Verhör, dem Nina ihn unterzogen hatte, hatte ihn erledigt; dass er gezwungen war, tatenlos hierzuliegen, und dass er seine neuen Papiere nicht mehr an sich bringen konnte, mit denen er nach Marseille in die Freiheit entkommen könnte, machte ihn wahnsinnig; dazu noch der Gedanke, vielleicht zehn Tage an diesem Ort festzusitzen, bis die Killer ihn womöglich auftrieben. Er wusste, auf Sebastiano konnte er sich bis zu einem bestimmten Punkt verlassen, denn der dachte vor allem an seine eigenen Interessen, Nina hingegen war unkalkulierbar. Als er sich gezwungen sah, ihr Deiddas Mobilnummer, die er sich fest eingeprägt hatte, zu geben, damit sie endlich aufhörte zu schreien, ahnte er ihre Absichten bereits. Er wollte sie davon abbringen, aber sie hatte nicht mal zugehört, sondern sich in einem alten Sessel zusammengekauert und war eingeschlafen.

Gerade kam sie wieder herein. Die nassen Haare fielen ihr auf die Schultern. Sie nahm alles Geld aus Nazzaris Portemonnaie und ging hinaus.

Die glühend heiße Sonne blendete sie. Mit gesenktem Kopf lief sie eine Schotterpiste entlang und kam nach geraumer Zeit zu einer Bar, verschwitzt und müde. Sie bestellte ein Bier, das sie in kleinen Schlucken trank. Dann kaufte sie eine Telefonkarte und eine Fahrkarte für den Bus, der eine Dreiviertelstunde später hier vorbeikommen sollte.

Der Carabiniere nahm nach dem dritten Läuten ab.

»Spreche ich mit Tenente Deidda?«

»Ja?«

»Ich bin Maria Antonietta Tola und würde gern mit Ihnen über etwas reden.«

»Worum geht es denn?«

»Man hat versucht, mich umzubringen. Bei dem Brand der Strandbar am Poetto.«

»Wie ich das sehe, ist dafür die Polizei zuständig.«

»Ich habe bislang mit niemandem darüber gesprochen.«

»Warum?«

»Weil ich mit Pierre Nazzari zusammen war, dem Deserteur, der früher für Sie gearbeitet hat und jetzt für Tore Moi.«

»Nichts von dem, was Sie da sagen, entspricht den Tatsachen, aber ich bin trotzdem bereit, mir anzuhören, was Sie zu sagen haben«, sagte er geschwind, für den Fall, dass das Gespräch abgehört wurde. »Wenn Sie möchten, können wir uns treffen.«

»Ja. Wann und wo?«

»In zwei Stunden, auf dem Parkplatz beim Hafen.«

Nina fühlte sich völlig leer. Sie bestellte noch ein Bier.

»Verdammte Hure«, fluchte Deidda, während er in seiner Tasche nach einem anderen Handy wühlte.

»Lieber Tenente«, meldete sich Tore Moi, »es ist immer ein Vergnügen, Sie zu hören.«

»Was für eine Scheiße baut ihr denn da?«, zischte der Carabiniere wütend.

»Nichts, was dir schaden könnte, nur keine Sorge«, entgegnete der andere.

»Da irrst du dich leider. Mich hat gerade eine gewisse Maria Antonietta Tola angerufen. Angeblich hat jemand versucht, sie zusammen mit diesem Idioten von Deserteur kaltzumachen. Weißt du nichts davon?«

»Ich weiß immer alles«, bemerkte Moi.

»So war das nicht abgemacht. Nazzari sollte ins Gefängnis wandern, nicht unter die Erde.«

»Willst du das Zauberwort hören?«

»Ja.«

»Nationale Sicherheit.«

»Tatsächlich?«

»Unumgängliche Säuberungsmaßnahme.«

»Zwei Tote fallen doch auf.«

»Diese beiden nicht. Keine Sorge.«

»Gut, aber ich wasche ab jetzt meine Hände in Unschuld. Zu dem Treffen mit der Frau gehst du schön selbst.«

»Sehr gern. Am Ende wirst du auch von der Sache profitieren.«

»Ach ja?«

»Ich kann dir möglicherweise einen gewissen Hinkefuß auf dem Silbertablett servieren.«

Deidda begriff sofort, dass Moi auf Ceccarello anspielte und offenbar plante, den Ex-Maresciallo auszuschalten. »Der interessiert mich nicht. Verkauf ihn an deine Kollegen von früher.«

»Gern, aber ich würde lieber vor Bernini gut dastehen.«

»Schaff uns dieses Arschloch elegant vom Hals, und ich führe dich bei Hof ein.«

Tore rief Ceccarello an.

»Ich dachte, ich hätte es mit Profis zu tun.«

»Das örtliche Personal ist der Aufgabe nicht gewachsen gewesen, aber ich habe schon einen Berater mit der Leitung der Operation beauftragt.«

Moi lächelte. Diese Scheiß-Militärs kamen einfach von ihrem Jargon nicht runter. »Wäre Ihr Mann innerhalb von zwei Stunden einsatzbereit, um sich der Tierärztin anzunehmen?«

»Ja.«

Nina war mit dem Bus bis zum Hafen gefahren, hatte sich ans Fenster gesetzt und den Blick frei über die Landschaft, dann über Stadt und Leute schweifen lassen. Sie benutzte zum ersten Mal öffentliche Verkehrsmittel in Cagliari und war angenehm überrascht, da sie viele Details wahrnahm, die ihr während der Fahrten mit dem Geländewagen nicht aufgefallen waren. Solchen Gedanken nachzuhängen half ihr, die Angst zu vergessen, die quälend an ihr nagte. Es war sicher die richtige Entscheidung gewesen, Deidda zu treffen, doch dass er am Telefon die Bekanntschaft mit Nazzari geleugnet hatte, erschien ihr merkwürdig. Vielleicht hatte sie sich unklar ausgedrückt, oder der Tenente hatte irgendetwas missverstanden. Egal wie, ab jetzt würde sie mehr Bus fahren. Es gefiel ihr, es jemand anderem zu überlassen, sie durch die Gegend zu kutschieren.

Sie war zu früh und suchte sich eine Bank im Schatten mit gutem Blick auf den Parkplatz. Falls Pierres Beschreibung zutraf, würde sie Tenente Deidda sofort erkennen. Die Zeit verstrich, ihr rann der Schweiß. Zur verabredeten Zeit sah sie, wie ein Dickwanst aus einem von einem Kahlkopf gelenkten Wagen stieg. Er blickte sich um, als suche er jemanden. Er wirkte verdächtig und sah jedenfalls nicht wie ein Carabiniere aus. Langsam stand Nina auf, überquerte die Straße und tauchte unter den Laubengängen der Via Roma in der Menge unter, bis sie eine Telefonzelle entdeckte.

»Warum sind Sie nicht selbst gekommen?«

»Ich war leider verhindert, aber ich habe zuverlässige Leute geschickt«, antwortete Deidda möglichst vage.

»Können Sie sie mir beschreiben?«

Jetzt wusste Deidda nicht, was er sagen sollte, und er blieb stumm. Nina zählte die Sekunden. Bei zehn zischte sie »Arschloch!«, legte auf und schlüpfte in die Gassen der Altstadt, wo sie dicht an der Wand entlangging.

»Ihr habt sie verloren!«, verkündete Deidda dem entsetzten Tore Moi. »Die ist nicht doof und hat mich gelinkt.«

Moi rief Ceccarello an, der seinerseits schon alles von Franchino gehört hatte.

»Langsam wird es lächerlich«, meinte Tore.

»Wir haben das bald geregelt«, antwortete Ceccarello, verärgert, dass er sich von einem tadeln lassen musste, der mit Abhöraktionen sein Geld verdiente.

Als Erstes suchten Franchino und Luca die Gegend ab. Franchino wunderte sich immer wieder laut: »Wo ist die verdammte Schlampe nur hin? Wo hat sich die Hure versteckt?«, der andere antwortete nicht. Er wurde nach Stunden bezahlt; zu rasch fertigzuwerden wäre kontraproduktiv. Man hatte ihn engagiert, um an der Ergreifung und Ermordung zweier Zielpersonen teilzunehmen. Nun hoffte er, dass sie doch ein wenig schlauer wären, als Franchino sie ihm beschrieben hatte. Der Ex-Söldner gefiel ihm nicht. Gemessen daran, was er wirklich geleistet hatte, spielte er sich ganz schön auf. Der Neapolitaner erkannte in ihm einen von denen, die ohne Schwierigkeiten töten, den direkten Kontakt mit dem Feind oder mit dem Opfer jedoch scheuen. Leute, die mit dem Sturmgewehr hantieren und ein Magazin nach dem anderen leerfeuern, aber wenn es mit dem Messer oder der Klaviersaite zu arbeiten gilt, werden sie zimperlich.

Franchino seinerseits erwartete auch gar keine Antworten von Luca. Ceccarello hatte ihn vorgewarnt: »Maulfaule Neapolitaner kenne ich kaum welche, aber er ist einer von ihnen. Geh ihm nicht auf den Sack.«

Ignazio Ghisu saß am üblichen Tisch in seiner Stammbar in der Innenstadt. Er nutzte das Lokal als Büro, um von hier aus seinen Geschäften nachzugehen, obwohl er im Stampace-Viertel nicht selbst dealte. Darum kümmerten sich seine Handlanger, denen es streng verboten war, in der Bar aufzutauchen. Zu eindeutig stand ihnen »Berufskrimineller« ins Gesicht geschrieben, und er wollte möglichst wenig auffallen, auch wenn die meisten sowieso wussten, womit er sein Geld verdiente und dass er mehrfach gesessen hatte. So war es eine reine Frage des Stils, aber er hielt eben sehr auf Form. Er war stets tadellos gekleidet, dabei immer dezent. Vor allem im Hinblick auf die Menge des Goldes: nur Uhr, Armband und Halskettchen. Nüchtern und elegant.

Ghisu befand sich in Gesellschaft einer Angestellten, die sich etwas dazuverdiente, indem sie in der Mittagspause anschaffte. Abends nie, da musste sie rasch nach Hause ins Viertel Sant' Avendrace zu Mann und Kindern. Und ihr Mann war es auch, der ihr davon erzählt hatte, dass Sebastiano Trincas eine Art Kopfgeld auf diejenigen ausgelobt hatte, die ihm die Bar angezündet hatten. Diese Frau, sie ließ sich von ihren Kunden Rina nennen, wäre von sich aus gar nicht darauf gekommen, das demjenigen zu erzählen, der sich in der ganzen Stadt am meisten dafür interessierte.

Als sie ihn sah, wie er dasaß und durch einen Strohhalm Bananenshake aus einem hohen Glas nuckelte, hatte sie sich in der Hoffnung auf ein Stelldichein an ihn herangemacht, aber bald nicht mehr gewusst, was sie sagen sollte. Da fiel ihr diese Nachricht ein, die die Runde im Viertel machte, und sie verkaufte sie ihm mit allerlei Details.

Ghisu war dankbar und hätte ihr fast einen Hunderter aus der Rolle zugesteckt, die er stets in der Tasche bei sich trug, doch auch eine dumme Kuh wie diese Rina hätte sich gewundert, woher diese plötzliche Großzügigkeit kommen mochte. Also stellte er es diskreter an. »Komm morgen bei Geschäftsschluss an die Ecke von der Via Paoli, ich schicke einen Freund vorbei.«

»Und wie ist dieser Freund so?«

Ghisu wusste nicht recht, wie er Angelo beschreiben sollte. »Na, einer, der mächtig was hermacht.«

Das sind die schlimmsten Kunden von allen, dachte die Frau und stand auf: »Jetzt muss ich aber schnell nach Hause.«

»Ja, zisch ab«, lachte Ghisu. »Ich muss nachdenken.«

Und das war nicht einmal eine Ausrede. Die Information war wirklich wertvoll. Gar nicht wegen des Risikos, an Sebastiano verkauft zu werden, denn außer ihm, seinen Auftraggebern und Handlangern wusste niemand von ihrem kleinen Ausflug an den Strand. Und vor diesem Trincas hatte er nun wirklich keine Angst. Der tatsächliche Wert des Klatsches bestand darin, dass er dabei helfen konnte, den beiden Leuten auf die Spur zu kommen, die sie an dem Abend hatten kaltmachen wollen. Nachdem er feststellen musste, dass sie nicht verbrannt waren, war Ignazio Ghisu zu dem Schluss gekommen, dass der Einzige, der den beiden helfen konnte, der Inhaber der Bar war, falls es denn stimmte, dass sie sonst keine Bekannten in der Stadt hatten. Diesen Franchino und dessen kahlen Freund von diesem Standpunkt zu unterrichten, hatte er sich gehütet, eine gute Idee konnte ja immer mal von Nutzen sein. Und wenn er zu den richtigen Kreisen Zugang erlangen wollte, solchen, in denen man richtig reich werden kann, dann musste er beweisen, dass er mehr war als nur ein kleiner Provinzdealer. Das war eine Möglichkeit, die Schlappe wettzumachen.

Er stieg auf seinen Motorroller und fuhr durch Cagliari in das Stadtviertel, dessen unumstrittener Chef er war. Seine Männer zählten gerade in der Garage eines Mehrparteienhauses die Tageseinnahmen. Sie waren beträchtlich, und die Nacht stand erst noch bevor.

Ghisu wandte sich an Angelo: »Morgen wirst du in der Innenstadt eine Angestellte vögeln – und das ist kein Bonus«, sagte er, um möglichen Protesten seitens der anderen beiden zuvorzukommen. »Sie spielt eine Rolle bei einer Operation, die ich vorbereite.« Er hielt ihm zweihundert Euro hin. »Damit bezahlst du.«

»So viel?«, platzte Kevin heraus. »Hat die 'ne Fotze aus Gold?«

Der Chef drückte ihm den Zeigefinger auf die Brust. »Und du gehst jetzt nach Sant'Avendrace in irgendeine Bar und lässt diskret erkennen, dass du Sebastiano Trincas treffen willst und er dich in der Gegend von Giorgino findet. Dann kommst du hierher zurück.«

Der Junge grinste. »Und was mach ich, wenn er plötzlich vor mir steht? Verpass ich ihm eine?«

»Du gehst ihm besser aus dem Weg«, antwortete Ghisu. »Wenn es so weit ist, statten wir ihm alle zusammen einen Besuch ab.«

Sebastiano Trincas wunderte sich, dass offenbar niemand die Belohnung haben wollte. Cagliari ist keine Großstadt, hier weiß jeder alles über jeden, und was man nicht weiß, denkt man sich.

Allmählich fing er an zu glauben, die Brandstiftung sei das Werk auswärtiger Kräfte gewesen. In dem Fall dürfte es tatsächlich schwierig werden, die Verantwortlichen ausfindig zu machen.

Während Kevin mit seinem Roller nach Sant'Avendrace unterwegs war, verfolgte Sebastiano zerstreut die Aufräumarbeiten am Standort seiner Bar, war mit dem Kopf aber woanders. Einerseits dachte er an seine Rache, andererseits an die Zukunft der Bar, die es nur geben konnte, wenn er rasch neu baute. Die städtische Lizenz war man schnell los. Überdies gab es da noch die beiden in dem Haus in Simbirizzi. Wieder ein Problem, das verdammt schwer zu lösen war; nicht nur, weil er ihre Haut retten musste, sondern auch, weil es galt, sie für die nächsten Jahre irgendwie sicher unterzubringen.

In seinem Leben hatte er noch nie so eine beschissene Situation erlebt. Seine früheren Kollegen im Kokainhandel hatten ein Auge auf ihn und warteten darauf, dass er klein beigab. Er war der Erfolgreichste von ihnen allen gewesen, hatte aber wegen der Erpressung aufgehört, was die anderen jedoch nicht wussten. Sie nahmen irrtümlich an, Gloria, die Kuh, hätte ihn überredet, ein fast anständiger Barbesitzer zu werden. Fast, anders ging es nicht, eine Verbindung zum Koks gab es immer, schließlich hatte er seine Bar an einen Dealer verpachtet. Jetzt warteten sie geduldig, dass er zu ihnen zurückkehrte. Vergebliche Liebesmüh. Sebastiano würde seine Pläne auf keinen Fall verraten. Das wäre jetzt das Dümmste gewesen.

Aus dem Augenwinkel bemerkte er ein weiß-blaues Auto, das schräg hinter ihm hielt. Den Fahrer kannte er, einen jungen Polizisten, der öfter bei ihm einen trank, doch den Beamten, der nun ausstieg, hatte er noch nie gesehen.

»Hauptinspektor Giannone«, stellte der sich vor, mit einem Nicken grüßend, ohne ihm die Hand zu geben, was Sebastiano sofort auffiel. Der Bulle hatte was gegen ihn und zeigte das sofort.

»Sagen Sie mal, den Brand hat nicht vielleicht Ihr Barkeeper gelegt, dieser Marco de Rossi, über den alle reden und den kein Mensch mehr gesehen hat?«

Sebastiano zuckte mit den Schultern. »Ich weiß nicht, ob er das war, und ich weiß ebenso wenig, wo er steckt«, antwortete er. »Vielleicht hat er anderswo was gefunden, auf dem Festland zum Beispiel. Hier ist die Saison sowieso bald vorbei.«

»Vielleicht wurde er auch längst an die Schweine verfüttert«, entgegnete der Beamte. »Euch Sarden ist die Vendetta ja noch heilig.«

»Und wer sollte das getan haben?«

»Sie«, meinte er trocken.

Trincas lachte laut auf. »Ich stamme aus Cagliari, alteingesessen«, erklärte er. »Wir haben mit Vendetta nichts am Hut.«

»Mag sein. Meine Ermittlungen sind noch nicht beendet.«

»Das kann mir nur recht sein. Ich bin nämlich viel neugieriger darauf als Sie, wer mir die Hütte angezündet hat.«

»Ich würde mir gern mal die Papiere des Angestellten ansehen.«

Mit dem Kinn deutete Trincas auf die geschwärzten Mauerreste. »Alles verbrannt.«

»Dann gehen Sie auf die zuständigen Ämter und besorgen sich Kopien. Ich erwarte Sie übermorgen.«

Sebastiano nickte und ging grußlos weg. Noch so eine Scheiße, aber darum musste Tore Moi sich kümmern, der hatte ihn schließlich gezwungen, den Deserteur zu beschäftigen.

In diesem Moment saß Tore Moi gerade mit dem Ex-General in einem Café, um einen in einer Lokalzeitung unter dem Titel »Die Region aus dem Spiel« erschienenen Artikel zu besprechen. Der Offizier kannte ihn noch nicht und verlangte, dass Moi ihn ihm vorlas, als wäre er sein Adjutant.

»Salto di Quirra, Tabuwort für die örtliche Exekutive. Jetzt ist es heraus: Die Region wird bei den Entscheidungen über die Zukunft der entstehenden Startbahn im militärischen Sperrgebiet außen vor gelassen. Wenn der Regionalpräsident bei der Regierung vorspricht, kann er sich jeden Widerspruch sparen und muss ohnmächtig die Entscheidungen aus Rom hinnehmen, denn ihm fehlt jegliche Handhabe für einen Widerstand. Nachdem das Verteidigungsministerium die polifunktionellen taktischen Leitlinien gutgeheißen hat, ist eines klar: Die Erprobung ferngelenkter Flugkörper und des Prototyps Saturnon sind beschlossene Sache. Ebenso steht fest: Sollte das Projekt nicht zustande kommen, so keinesfalls wegen des Einspruchs des Regionalgouverneurs, sondern allenfalls durch mangelnde Abstimmung zwischen staatlichen Stellen und den privatwirtschaftlichen Förderern dieses innovativen Waffensystems. Eine Investition von fünf Millionen Euro, von der die Region selbstverständlich profitieren dürfte.«

Der Ex-Finanzpolizist unterbrach sich: »Gibt es im Ernst ein Risiko, dass das Unternehmen in eine andere Region ausweicht?«

»Das gibt es allerdings, solange nicht alle bürokratischen und gesetzlichen Probleme bereinigt sind«, antwortete der Ex-General. »Aber das sollte uns nicht zu viele Sorgen bereiten. Perdas de Fogu hat ein paar Merkmale, die es unvergleichbar machen: Es erstreckt sich auf Land und auf See, und es ist dünn bevölkert. Die Waffenindustrie wird immer wieder auf uns zurückkommen.«

Es fiel Tore auf, dass er über das militärische Sperrgebiet sprach, als würde es auch ihm gehören. Dieses Geschäft brachte ihm mit Sicherheit eine hübsche Aufstockung seiner Pension ein.

»Morgen früh fliege ich nach Rom«, kündigte der Ex-General an. »Jetzt heißt es an allen Fronten Druck aufbauen. Und der Senator muss die Leute hier aus der Gegend mobilisieren, dass die sich zu Wort melden. Schließlich garantieren wir denen Wohlstand für die nächsten zwanzig Jahre.«

Nina kam ins Zimmer und setzte sich auf den Rand des Bettes. Sie war blass und fuhr sich mit der Hand über das verschwitzte Gesicht. Pierre fixierte sie schweigend.

»Deidda hat versucht, mich reinzulegen«, erzählte sie mit dünner Stimme. »Zu unserer Verabredung sind zwei andere gekommen, und er wusste nicht mal, wer das war.«

Der Deserteur hörte zu, ohne sie zu unterbrechen, was auch nicht nötig war, denn ihr Bericht war präzise und ließ kein Detail aus, das hatte sie in jahrelanger Laborpraxis gelernt.

»Offenbar ist jetzt jemand anderer für uns zuständig«, meinte Nina, den Mund zu einer bitteren Grimasse verzogen.

»Vielleicht waren das die, die uns angegriffen haben?«

Sie schüttelte den Kopf. »Nein, das waren nicht sie. Der Typ, der aus dem Wagen stieg, war vermutlich ein Militär.«

»Ex-Söldner, Security-Mann«, mutmaßte Nazzari. »Privatwirtschaft.«

»Was meinst du, was hatten die vor?« Ein Schauder lief ihr über den Rücken.

»Sie hätten dich gezwungen, sie hierherzuführen, und dann hätten sie uns beide umgebracht. Zum Glück haben sie dich nicht gesehen. Ich hab ja gesagt, geh nicht.«

»Ich will aber nicht enden wie du«, sagte sie. »Das habe ich nicht verdient.«

Pierre nickte. »Jetzt beruhige dich erstmal. Wir finden eine Lösung, du wirst schon sehen.«

Sie stand auf und ging hinaus. Er war erleichtert, dass sie wieder da war. Sie mochte ihn zwar verachten und hassen, trotzdem war es besser, als mit Schmerzen und Angst allein zu sein.

Kevin war keine Intelligenzbestie. Ghisu hatte ihn nur darum in die Bar geschickt, weil sein Gesicht in der örtlichen Unterwelt noch wenig bekannt war. Er war der jüngste Neuzugang der Bande, nachdem Angelo ihn in einem Dorf in der Provinz kennengelernt und nach Cagliari mitgebracht hatte. Der Auftrag war unkompliziert, und trotzdem brachte er es fertig, ihn gründlich zu versieben. Die Schuld lag allein bei Ghisu, der nicht bedacht hatte, dass die Stammgäste bestimmter Bars ausgekochte Schlitzohren sind, die ziemlich zudringlich werden können, wenn ein Unbekannter mit irgendwelchen Botschaften auftaucht, zumal wenn der Kerl anmaßend auftritt. Für Kevin war es ganz normal, eine Bar am Stadtrand aufzusuchen, sich an den Tresen zu stellen und die anderen Gäste bei einem Bier herausfordernd zu mustern. Und darum, so wurde später Sebastiano berichtet, hatten sie ihn dann auch »ausgequetscht«. Mit Hilfe von ein paar Bierchen, Geplauder, Gelächter. Irgendwann gelang es Kevin schließlich, seine Nachricht loszuwerden, zugleich aber ließ er sich eine Nebenbemerkung über Ghisu entlocken, die bei einem gewissen Gavino auf aufmerksame Ohren stieß, der sich in der örtlichen Halbwelt gut auskannte, immerhin gehörte er selbst dazu, und obwohl er sich nur mit dem Weiterverkauf von gestohlenen Autoersatzteilen beschäftigte, kannte er den Dealer gut von einem gemeinsamen Aufenthalt im Zuchthaus Buoncammino. Als Kevin zufrieden grinsend die Bar verließ, folgte Gavino ihm unauffällig. Und als er ihn mit Angelo sah, Ignazio Ghisus rechter Hand, zerstreute das den letzten Zweifel an dem Wert, den diese Information für Sebastiano Trincas haben dürfte.

Er brauchte einige Mühen, um Trincas aufzutreiben. Erst spätnachts konnte er ihm das Geschäft anbieten, während er in ein mit Pferdefleisch und Zwiebeln belegtes Panino biss, die Spezialität eines Imbisswagens am Hafen.

»Da ist wer, der dich sucht, um dir die Mistkerle zu verkaufen, die deine Bar angezündet haben, aber …«

»Aber was?«

»Aber ich habe den Eindruck, in Wirklichkeit wollen sie dich am Arsch kriegen. Und zwar ganz übel.«

»Wer?«

Statt zu antworten, konzentrierte Gavino sich auf sein Panino. Sebastiano nickte, zog ein Bündel mit einer Briefklammer gesicherter Geldscheine aus der Tasche, ein Geschenk seiner Frau. Vier Fünfziger wechselten den Besitzer. Der Hehler schüttelte den Kopf. »Was ich dir zu sagen habe, ist eigentlich unbezahlbar, aber du bist mir sympathisch, du kriegst es für nochmal dreihundert.«

»Dann muss das wirklich eine gute Info sein.« Sebastiano gab ihm das Geld.

»Keine Sorge. Wenn's nichts taugt, weißt du, wo du mich findest.«

»Ich höre.«

»Da hat ein Unbekannter herumerzählt, man soll dich benachrichtigen, dass du ihn bei Giorgino findest, aber in Wirklichkeit ist er einer von Ghisus Männern, und ausgerechnet das hat er nicht gesagt.«

»Von wem? Ignazio Ghisu, der aus Mulinu Becciu?«

»Genau der.«

Diese Neuigkeit regte Sebastianos Appetit an, und er bestellte auch so ein Panino wie Gavino. Dann verloren beide kein Wort mehr über die Sache, sondern unterhielten sich eine gute Stunde lang angeregt über die Zukunft der Fußballmannschaft von Cagliari. Später bestand Trincas darauf, die Rechnung zu bezahlen, setzte sich ins Auto und blies in das Messgerät, das er in der Apotheke gekauft hatte. Deutlich zu viel Alkohol im Blut. Um nach Hause zu kommen, würde er sich ein Taxi bestellen müssen, er konnte es sich nicht erlauben, den Führerschein zu verlieren, weil er mit Gavino getrunken hatte. Aber er würde in der Kirche der Madonna di Bonaria eine Kerze für ihn anzünden. Wenn Ghisu ihm tatsächlich die Namen der Brandstifter hätte verkaufen wollen, wäre er nie so vorgegangen. Es musste etwas anderes dahinterstecken, und was, das fragte er am besten Ghisu selbst.

Kurz vor Mittag des Folgetages brachte er Pierre und Nina neue Vorräte. Mit feuchten Augen berichtete sie ihm von Deidda.

»Wir haben verabredet, dass ihr euch hier nicht wegbewegt«, sagte Trincas hart. »Wenn ihr euch nicht daran haltet, seid ihr schuld, wenn ihr draufgeht und ich gleich mit.«

»Sie spinnt völlig«, beschwerte sich Nazzari. »Bring sie zur Vernunft, oder sie liefert uns alle ans Messer.«

Sebastiano schien ihn zu ignorieren. »Komm mit!«, sagte er zu Nina, »ich mache dir einen Kamillentee.«

Sie folgte ihm wortlos in die Küche und ließ sich auf einen Stuhl fallen. »Falls du mir eine Standpauke halten willst, dann ist das der falsche Tag dafür.«

»Im Gegenteil.« Er schraubte die Espressokanne auf. »Ich habe einen Verdacht und brauche dich, um seine Stichhaltigkeit zu überprüfen.«

»Stichhaltigkeit … Für einen Dealer, der von Ex-Polizisten erpresst wird, redest du ganz schön geschraubt.«

»Ich trete dir gleich in den Arsch, wenn du dich weiter so idiotisch verhältst. Einmal hab ich dich schon gewarnt, das hier ist das zweite Mal, beim dritten Mal bleibt es nicht bei Worten.«

Zum Zeichen, dass sie sich fügte, hob Nina die Hände: »Entschuldige, ich hab dich unterbrochen.«

»Du sollst dir ein paar Gesichter anschauen.«

Sie blickte rasch auf. »Glaubst du, du hast die Typen gefunden, die …«

»Es ist nur ein Verdacht.«

»Ich erinnere mich nur an einen gut. Als er mich in den Bauch getreten hat, hab ich die Augen aufgerissen. Von seiner Visage hab ich hier drin ein Foto gespeichert.« Sie tippte sich an die Stirn.

»Nie gesehen«, meinte sie später, als sie Ignazio Ghisu an seinem Stammtisch sitzen sah.

Frustriert fuhr Sebastiano los. »Dann versuchen wir es in der Bar, die Gavino mir gesagt hat.«

Erste Regentropfen fielen. Der Sommer wich nun tatsächlich dem Herbst. Nina dachte an die verbrannte Landschaft von Salto di Quirra und spürte zu ihrer Überraschung so etwas wie Heimweh. Wie es wohl den Lämmern ergangen war? Sie wusste nicht, dass der alte Hirte sie auf Tore Mois Geheiß hin weitab begraben hatte, bedeckt mit Steinen, um die Stelle ein für alle Mal unkenntlich zu machen.

Da trat einer auf die Schwelle der Kneipe und schaute in den wolkenverhangenen Himmel, eine erloschene Zigarette zwischen den Lippen, die Hände in den Hosentaschen. Nina umklammerte Sebastianos Handgelenk.

»Das ist er«, flüsterte sie mit erstickter Stimme. »Das ist er!«

»Angelo Collu«, murmelte Trincas. »Was Schlimmeres hätte dir nicht passieren können.«

»Bring mich hier weg.«

Der Wagen entfernte sich langsam vom Bürgersteig. Sie konnte der Versuchung nicht widerstehen, noch einmal nach dem Gesicht ihres Vergewaltigers zu schauen. Er redete angeregt mit jemandem in der Bar, so entspannt wie einer, in dessen Leben eitel Sonnenschein herrscht. Ihn zu hassen und seinen Tod zu wünschen fiel wahrlich nicht schwer.

Tore Moi hörte nicht recht zu, als Mario Cannas, sein Partner, ihn nach Neuigkeiten bezüglich des Deserteurs und der Tierärztin fragte. Es gab neue Probleme, und der Senator hatte ihn zu sich bestellt und angewiesen, sie schleunigst zu lösen. Tore hatte geantwortet, er möge unbesorgt sein, auch wenn er absolut nicht wusste, wie er vorgehen sollte. Ein sardischer Unteroffizier, der seit einem Somalia-Einsatz an Krebs litt, drohte, öffentlich auf dem »Altar des Vaterlandes« in Rom zu sterben, dem Vittorio-Emanuele-Denkmal. Seit zehn Jahren kämpfte er tagaus, tagein gegen die Krankheit und gegen den Staat, der ihm trotz der Versprechungen diverser Minister, die dann nie wieder etwas davon wissen wollten, die nötige Behandlung verweigerte. Er war der sardischen Öffentlichkeit wohlbekannt, und die Zeitungen berichteten immer, sobald er wieder eine Protestaktion startete. Tore hatte bereits versucht, seine Kontakte bei der lokalen Presse dafür zu sensibilisieren, dass sie der Sache nicht zu viel Raum gaben, denn jedes Mal gab es auch Kritik an Perdas de Fogu, aber er musste sich anhören, mittlerweile gebe es auf Sardinien selbst einfach zu viele Kranke und Tote, als dass man so tun könne, als ob nichts wäre, und er solle sich lieber bei den hohen

Tieren des Militärs beschweren, die noch nicht begriffen hätten, dass es ein miserables Bild abgab, wenn die betroffenen Soldaten und ihre Familien sich selbst überlassen blieben. Tore sah das selbst auch so und hatte den Ex-General darauf angesprochen, doch der war kategorisch gewesen: herunterspielen. Alles. Immer. Und Tore musste sich ans Telefon hängen und versuchen, das Leck mit Hilfe von Tricks, Bekanntschaften, diskreten Schmiergeldzahlungen und Drohungen zu stopfen.

»Was hast du gesagt?«, fragte er, als ihm bewusst wurde, dass er Cannas überhört hatte.

»Ich habe gefragt, ob es in Sachen Nazzari und Tola was Neues gibt.«

»Nichts. Darum sollten sich schleunigst die Idioten kümmern, die Ceccarello geschickt hat.«

»Ich frage das, weil mir ein Einfall gekommen ist ...«

Moi drehte sich um und sah ihn an.

»Und zwar, dass wir Sebastiano Trincas noch gar nicht nach den beiden gefragt haben«, fuhr Mario fort.

»Du hast recht. Ich sag das diesem Berater. Verdammte Scheiße, was sind diese Pseudosoldaten für Arschlöcher«, platzte er laut heraus. »Das muss man sich mal vorstellen, da heuern sie einen an, dass der ein paar Idioten hilft, zwei Leute zu beseitigen, und schon nennen sie ihn Berater.«

»Tore.«

»Was denn?«

»Eben weil es Idioten sind, wäre es da nicht besser, ich würde selbst mit Trincas reden?«

»Ist gut, tu das und erinnere ihn daran, dass wir ihn bei den Eiern haben.«

Mario strahlte. Endlich etwas anderes als niedere Handlangerdienste.

Tore hatte die Sache schon abgehakt und sprach am Telefon auf einen Ministerialbeamten in Rom ein. »Ihr seid schon wieder mit der Zahlung im Rückstand; der Mann muss die Medikamente aus eigener Tasche vorstrecken«, erklärte er. »Das steht hier überall in den Zeitungen, sehr ungünstig! Es ist sowieso keine einfache Zeit, da können wir uns keine zusätzlichen Schauplätze leisten. Dottore Saltarini, ich apelliere an Ihr Gewissen, wir kennen uns schon so lange …«

Pierre Nazzari war außer sich. »Ihr fahrt in der Gegend rum, und ich sitze in diesem Scheißbett fest«, rief er. »Ich brauche Hilfe! Kapiert ihr das mal? Ich muss essen, trinken, pissen und mich waschen wie jeder normale Mensch.«

Sebastiano blickte Nina an, die den Kopf schüttelte. »Denk nicht mal dran«, zischte sie boshaft. »Ich werd doch nicht dem Typen, der meine Arbeit geklaut und verkauft und mich bis zum Hals in die Scheiße geritten hat, auch noch den Hintern abputzen?«

»Aber eine Krankenschwester rufen kann ich nicht«, erwiderte Sebastiano.

»Mach's doch selbst.«

»Ich muss wieder weg und ein paar Dinge in Ordnung bringen.«

»Willst du dir den Typen aus der Bar vornehmen?«

»Genau das habe ich vor«, log Trincas.

Nina zündete sich eine Zigarette an. »Na gut.«

Sebastiano hatte einen simplen Plan: Ghisu aufsuchen und ihn fragen, wer den Doppelmord und die Brandstiftung bestellt hatte. Und dann improvisieren. Natürlich musste er eine Gelegenheit finden, allein mit ihm zu reden, und etwas in der Hand haben, das ihn zur Zusammenarbeit motivieren konnte.

Trotz des Verlustes seiner Bar und des Verdrusses darüber,

zwei Unruhestiftern wie Pierre und Nina helfen zu müssen, war er zufrieden mit sich selbst. Es hatte sich als hervorragende Idee herausgestellt, einen Unterschlupf einzurichten und bereitzuhalten, und ebenso, eine gut geölte Pistole in Lappen und Frischhaltefolie eingewickelt aufzubewahren. Er hatte sie gegen eine Dosis Koks bei einer Frau eingetauscht, die sie zusammen mit einer Schachtel Munition ihrem Mann stibitzt hatte. Ein klassischer kurzläufiger Revolver, .38er Kaliber, leicht zu verstecken, aber fähig, Angst einzujagen, notfalls tödliche.

Über Ignazio Ghisu wusste er recht wenig, er konnte jedoch schlecht herumlaufen und sich durchfragen. Auch war ihm bewusst, wie riskant es war, seine Hilfe in Anspruch zu nehmen, aber das Bedürfnis, die Leute in die Finger zu kriegen, die den Brand gelegt hatten, wurde immer unwiderstehlicher.

Als er gerade den im Keller einer alten Tante versteckten Revolver holen wollte, klingelte sein Handy.

»Wir zwei müssen uns mal unterhalten«, überfiel Mario Cannas ihn in drohendem Tonfall.

»Was ist los? Ist Tore krank?«, fragte Sebastiano um der Freude willen, ihn zu beleidigen.

Der andere ließ sich nicht darauf ein. »Ab heute bin ich für dich zuständig, Hübscher«, antwortete er.

»Das ändert für mich nichts, aber hör mal, da wir gerade miteinander reden, ein gewisser Oberinspektor Giannone hat ein paar Flausen im Kopf. Er ist überzeugt, mein Barkeeper hätte die Bar in Brand gesetzt und ich ihn hinterher kaltgemacht.«

»Darum kümmern wir uns, keine Sorge. Und wir zwei beide sehen uns morgen. Schön brav sein.«

Sebastiano war erschüttert. Es musste etwas Schwerwiegendes vorgefallen sein, damit Mario, der Idiot, ihn übernahm. Das hätte er gern genauer untersucht, aber Ignazio Ghisu ging vor.

Ghisu hatte alles bestens organisiert. In Giorgino würden sie Sebastiano einkassieren und in eine leerstehende Fabrik bringen, in der seine Jungs ihn in aller Ruhe bearbeiten konnten. Sobald sie dann wussten, wo er die beiden versteckt hielt, könnten sie alle drei auf einen Schlag erledigen, ein hübsches Foto an Franchinos Handy schicken, und sein Ansehen wäre wiederhergestellt. Er brauchte nur ein wenig Geduld zu haben. Cagliari war einfach nicht mehr das, was es mal war. Früher hätte das Gerücht in Windeseile die Runde gemacht, und Trincas hätte längst Kontakt zu Kevin gesucht.

Ein metallisches Lachen zeigte an, dass jemand ihn am Telefon sprechen wollte. Ein Kunde, einer von denen, die jeder Dealer, der etwas auf sich hält, zu pflegen versteht. Wohlhabend, stetig, aber ohne zu übertreiben, prompte Bezahlung bei Übergabe. Er plante eine Party. Irgendwann sollte Alex vorbeischauen, und alle wären hochbeglückt, ihn zu sehen. Die Geschäfte liefen wie geschmiert; Ignazio war allerdings zu lange im Business, um nicht zu wissen, dass so ein glückseliger Zustand nicht ewig anhält und man irgendwann aufhören muss, sonst sorgen die Bullen und die Richter, die Konkurrenz oder andere Halunken dafür, dir das Geschäft kaputtzumachen. Vermeiden ließ sich das nur, indem man andere Absatzkanäle suchte oder einen Qualitätssprung machte und sich Protektion von höherer Stelle sicherte. Er hatte sich für die erste der beiden Möglichkeiten entschieden. Darum war es von entscheidender Wichtigkeit, diese Leute kaltzumachen.

Da kam Rina, die Verkäuferin, über die Straße und steuerte mit finsterem Gesicht direkt auf ihn zu. »Dein Freund da …«

»Ja?«

»Schick den nie wieder zu mir«, flüsterte sie, öffnete die Hand und ließ ein paar Geldscheine auf den Tisch fallen.

»Was soll das denn, verfluchte Scheiße?«, zischte er leise. »Nimm sofort das Geld zurück.«

Er blickte sich um. Gäste an den Nebentischen hatten den Auftritt bemerkt und beobachteten ihn neugierig.

»Setz dich hin, lass uns in Ruhe darüber reden«, meinte er versöhnlich.

»Schick den bloß nicht wieder zu mir«, wiederholte sie mit Betonung und laut genug, dass alle es hören konnten. Dann machte sie auf dem Absatz kehrt und ging davon.

Ghisu griff nach dem Handy. »Was war mit der Verkäuferin los?«

»Na, nichts«, kicherte Angelo. »Langweilig war die. Da hab ich ihr ein paar Tricks gezeigt.«

Ignazio drückte ihn weg. Er hätte Alex hinschicken sollen. Der war der Normalste von den dreien, und Angelo übertrieb es in letzter Zeit mit dem Koks. Ghisu selbst hatte immer nur winzige Mengen genommen, obwohl er es ständig zur Hand hatte, aber er trug nie welches bei sich. Er hatte ein anderes Laster: das Spiel. Sobald das Geschäft es erlaubte, nahm er stets das nächste Flugzeug nach Venedig, denn das Casino auf dem Lido war ihm das liebste. Leider hatte man sich auf Sardinien noch nicht dazu durchringen können, eines zu eröffnen. Bei der letzten Wahl hatte er dafür gesorgt, dass das ganze Viertel für einen Kandidaten stimmte, der in seinem Wahlprogramm versprochen hatte, diese empfindliche Lücke zu schließen, bisher war jedoch nichts dergleichen geschehen.

Er rief Kevin an. »Ist Trincas aufgetaucht?«

»Noch nicht.«

»Bist du sicher, dass du die Botschaft klar und deutlich an den Mann gebracht hast?«

»Todsicher.«

Ghisu wurde langsam ungeduldig. Am nächsten Tag würde er zu Plan B greifen und seine Jungs auf die Jagd nach Trincas schicken. Ein Auto klauen, in dessen Kofferraum er Platz fände, und los. Wenn er sich nur umgedreht und aufmerksam das Innere der Wagen hinter sich betrachtet hätte, so hätte er Trincas entdeckt, der ihn beobachtete.

Die Stunde des Aperitifs ließ sich außergewöhnlich gut fürs Geschäft an, seine Jungs würden nachher alle Hände voll zu tun haben. Um Punkt halb neun stand er auf, um zu einem Abendessen zu fahren. Er ließ wie üblich zwanzig Euro Trinkgeld liegen und ging zu seinem in der Nähe geparkten Wagen. Er war mit einer Frau verabredet, die er um nichts in der Welt warten lassen wollte. Durchaus keine von den üblichen Huren. Sie hieß Maria Vittoria, war in den Vierzigern, geschieden, hatte in Wirtschaftswissenschaft und Betriebswirtschaftslehre abgeschlossen und war Partnerin in einer angesehenen Immobilienfirma. Er hatte sie in einem Lokal kennengelernt und anfangs gar nicht bemerkt, dass sie ein paar Jahre älter war als er. Sie war so attraktiv, dass er sofort angefangen hatte, sie zu umwerben, fasziniert vor allem von dem gesellschaftlichen Status, der von Kleid und Schmuck angezeigt wurde. Die Freundin, die mit am Tisch saß, war nach einer Weile diskret aufgebrochen. Eine angeregte Unterhaltung, eine Flasche Champagner und keinerlei Aussicht darauf, sie gleich ins Bett zu kriegen. Unter anderen Umständen hätte er sie zum Teufel geschickt, aber ihr Beruf machte sie einer langen und beharrlichen Werbung würdig. Seit langem suchte er schon eine Vertrauensperson, die über jeden Verdacht erhaben war, seinem Milieu klar und deutlich fernstand und die ihm helfen konnte, seine Einkünfte zu verwalten und günstig anzulegen. Maria Vittoria ließ sich als die perfekte Lösung an. An diesem Abend war er zum ersten Mal bei ihr zu Hause zum Essen eingeladen. Er hatte mit seiner Zusage Blumen geschickt und wollte ihr jetzt Champagner und Pralinen mitbringen.

Ghisu setzte sich in seinen BMW. Kaum hatte er sich angeschnallt, da wurde die Beifahrertür aufgerissen und Trincas saß neben ihm, eine Pistole auf ihn richtend. Der Dealer erkannte ihn sofort, und der entsicherte Revolver machte ihm klar, dass er ernste Probleme hatte. Er blieb reglos sitzen, schweigend. Ein echter Profi.

»Mach das Handy aus und lass den Motor an«, befahl Sebastiano.

»Warum unterhalten wir uns nicht lieber ein bisschen und versuchen, die Sache gütlich zu klären?«

»Wenn du tust, was ich dir sage, hast du eine Chance, mit dem Leben davonzukommen, eine einzige. Wenn nicht, knalle ich dich hier und jetzt ab.«

Der Dealer ließ den Motor an und fädelte sich in den Verkehr ein.

»Zum Poetto.«

»Wie hast du mich gefunden?«

»Du hast einen Idioten geschickt, um mir eine Falle zu stellen, weil du dachtest, ich bin auch einer.«

»Dann habe ich mich wirklich geirrt«, sagte Ghisu ruhig. Und ruhig war er tatsächlich, immerhin konnte er mit einigem Verhandlungsspielraum rechnen. »Irrtümer lassen sich ja gutmachen …«

Sebastiano beschloss mitzuspielen. »Manchmal genügt es nicht, um Entschuldigung zu bitten.«

Ignazio sprach Klartext. »Der Brand war ein Unfall. Ich kann dich entschädigen.«

»Interessanter Vorschlag. Ich überdenke ihn, nachdem du mir ein paar Fragen beantwortet hast.«

»Ich sag's nochmal: Du warst nicht die Zielperson.«

»Mag sein. Aber den Namen deines Auftraggebers musst du mir trotzdem sagen.«

»Kann ich rauchen?«

»Nein.«

»Weil es dich stört?«

»Nein, weil du ein Arschgesicht bist.«

»Bin ich nicht. Ich will dir klarmachen, dass es dir nur nutzen kann, wenn du die Sache von meinem Standpunkt aus betrachtest.«

»Der da wäre?«

»Du überlässt mir den Mann und die Frau, und dann baust du deine Bar neu, schöner und größer als vorher.«

»Schöner und größer?«

Ghisu grinste und entspannte sich. »Die schönste und größte am ganzen Strand!«

Nina machte ein Abendessen, Pasta, eine Dose Thunfisch und ein Schuss Olivenöl. Hunger hatte sie so gut wie keinen, Lust zum Kochen noch viel weniger. Seit Tagen sehnte sie sich nach etwas zu trinken. Ein ordentlicher Rausch hätte ihr gut getan, aber Sebastiano wollte nichts davon hören: kein Alkohol.

»Wer trinkt, baut Mist, und du neigst zu beidem.«

Ganz unrecht hatte er nicht. Aber sie geriet immer mehr in Panik, und vor einer Flasche in der alten Küche zu sitzen wäre die beste Art und Weise gewesen, sich die Zeit zu vertreiben.

Plötzlich wurde die Haustür aufgestoßen. Als sie den Chef der Bande hereinkommen sah, die versucht hatte, sie beide umzubringen, gefolgt von Trincas, der eine Pistole im Anschlag hielt, sprang sie auf. Der Mann grinste sie unverschämt an, und da drehte sie durch. Ganz unvermittelt ging sie auf ihn los, doch er wehrte sie ohne weiteres ab und stieß sie zu Boden.

»Geh mir bloß nicht auf die Eier, du Schlampe«, sagte er laut.

Der Lärm hatte Pierre aufgeschreckt, der schrie: »Was ist los? Nina, wo bist du?«

»Sei ruhig«, rief jetzt Trincas. »Alles unter Kontrolle.«

Alles nicht, dachte Nina und stand auf, um den Mann erneut anzugreifen. Trincas gebot ihr Einhalt: »Schluss damit. Hilf mir lieber, ihn auf einen Stuhl zu fesseln.«

Ignazio ließ es ohne Gegenwehr geschehen, versuchte aber unaufhörlich, Trincas zuzureden. »Lass es dir gesagt sein: Du machst einen großen Fehler«, sagte er seelenruhig. »Was ich dir vorgeschlagen habe, ist die einzige Möglichkeit, meine Auftraggeber nicht zu verärgern. Und ich schwöre dir, das sind richtig üble Typen …«

Sebastiano führte die Tierärztin am Arm aus der Küche. Ihre Wut ließ sich vielleicht nutzen. »Jetzt musst du mir helfen, das Arschloch zum Reden zu bringen.«

Sie wand sich los und ging wieder in die Küche, wo sie ein Ausbeinmesser nahm und es Ghisu unter die Nase hielt. »Weißt du, wie viele Lämmer ich in den letzten Monaten seziert habe?«

Der Dealer wandte sich an Trincas: »Was meint die, verflucht nochmal?«

Nina packte sein Kinn: »Du weißt nicht mal, wer ich bin?«

»Warum sollte ich?«

»Ihr vergewaltigt mich und wollt mich umbringen, ohne zu wissen, wer ich bin?«, schrie sie. »Wisst ihr wenigstens, wer Pierre ist?«

»Schaff sie weg, die spinnt ja völlig«, verlangte Ghisu von Trincas.

Der schüttelte den Kopf: »Du gehörst ganz ihr.«

»Pass gut auf: Ich bin Tierärztin und sehr geschickt mit dem

Skalpell, das kann ich dir sogar mit dieser rostigen Klinge hier zeigen.«

»Ich hab schon verstanden!« Ignazio schien unerschütterlich. »Du bist die böseste und wütendste Tierärztin der ganzen Welt. Jetzt geh mir aus den Augen und lass mich mit deinem Freund reden.«

Nina wandte sich an Sebastiano: »Der nimmt mich überhaupt nicht ernst, der Sack«, sagte sie verblüfft. Ihre mit dem Messer bewaffnete Hand schoss auf Ghisus Oberschenkel zu. Er schrie auf, und auf dem Bein seiner eleganten Hose breitete sich rasch ein Blutfleck aus.

Nina legte ihm die Hand auf die Schulter: »Keine Sorge. Der Stich war knapp drei Zentimeter tief. Tödlich ist erst der nächste, der geht in die Schlagader, und du verblutest in ein paar Minuten. Die Sauerei will ich nicht wegputzen müssen.«

Jetzt war Ghisu schreckensblass. »Was nutze ich euch, wenn ich tot bin?«

»Lebendig auch nichts, wenn du nicht den Mund aufmachst.«

»In Ordnung. Schick sie weg, und ich rede.«

Nina ließ das Messer auf den Boden fallen und ging hinaus, mit einem Augenzwinkern zu Trincas, dessen bewundernder und verblüffter Blick ihr folgte. Er hatte ihr aufs Wort geglaubt und absolut für möglich gehalten, dass sie Ghisu mit einem Ruck die Kehle durchschneidet.

»Ich höre«, sagte er zu Ghisu.

»Versorge erst die Wunde.«

»Für einen, der fast gestorben wäre, stellst du ganz schön viele Bedingungen. Um die Wunde kümmern wir uns später.«

»Was willst du wissen?«

»Wer steckt dahinter?«

»Ein gewisser Franchino«, antwortete der Dealer. »Ein Söldner. Irak und so Sachen. Einer, der sich in den Discos um die Security kümmert, hat uns miteinander bekannt gemacht. Ich sollte den Barkeeper und die Verrückte um die Ecke bringen.«

»Hat er dir nicht erklärt warum?«

»Danach hab ich auch nicht gefragt.«

»Und wo steckt dieser Franchino jetzt?«

»Hier in Cagliari. Er ist zurückgekommen, um die Sache abzuschließen.«

»Ist er allein?«

»Er hat einen Kahlkopf dabei.«

Sebastiano holte das Handy aus der Tasche, das er Ghisu weggenommen hatte, machte es an und kontrollierte rasch die Kontaktliste. »Hier ist ein Franchino dabei. Ist das der Mann?«

»Ja.«

Ein Signal zeigte eine neue SMS an. »Von einer Maria Vittoria. Sie sagt, du bist ein Arschloch.«

Dann kamen noch welche. »Soll ich sie dir vorlesen?«

»Mach den Apparat aus.«

»Angelo Collu kenne ich. Wer sind die beiden anderen?«

»Kevin Fara und Alex Spissu.«

»Wer hat Nina vergewaltigt?«

»Angelo«, stieß Gishu hervor. »So. Jetzt hab ich dir alles gesagt, was ich weiß. Lass mich gehen!«

Trincas breitete in gespielter Überraschung die Arme aus: »Im Auto hast du einen Schadensersatz erwähnt. Schon vergessen?«

»Sag wie viel, und ich zahle.«

»Ich hab auch mal in deiner Branche gearbeitet und weiß alles über den Kokshandel«, informierte er ihn. »Ich will deine Ersparnisse und Geleitschutz.«

»Dann kann ich meinen Laden dichtmachen.«

»Ich dachte, du willst überleben.«

»Will ich auch«, seufzte Ghisu.

»Wo hast du das Geld?«

»Zu Hause.«

»Und das soll sicher sein?«

»Das findet kein Mensch.«

Trincas machte ihn los. »Dann fahren wir es jetzt holen.«

»Wohin bringst du ihn?«, fragte Nina, während sie Ghisu den Schenkel verband. Sie hatte alles hinter der Tür mitgehört.

»Nur auf einen kleinen Ausflug.«

»Warum will dieser Franchino uns umbringen?«

»Frag das Pierre«, sagte Trincas, »der weiß das vielleicht.«

Sie schüttelte den Kopf. »Aus dem hab ich schon alles herausgequetscht, was er wusste. Von einem Franchino hat er nichts gesagt.«

»Dann müssen wir Franchino eben persönlich fragen.«

Ghisu lebte allein im Pirri-Viertel, in einem großen zweigeschossigen Haus, in das man diskret durch ein elektrisch betriebenes Tor und über eine Rampe gelangte, die direkt in die Tiefgarage führte. Innen war es geschmackvoll eingerichtet, aber das hatte nicht der Dealer selbst getan. In Cagliari gibt es hervorragende Innenarchitekten, man selbst muss nur beschließen, wie viel man für Möbel und »Ideen« ausgeben will.

Das Versteck des Geldes war wirklich genial, Ignazio musste sich den Kopf zerbrochen haben, um darauf zu kommen. Ein in den Boden eingelassenes Behältnis, groß wie eine Schuhschachtel und verborgen durch ein Bücherregal, das die ganze Wand bedeckte und dessen Inhalt Ghisu nie auch nur einen Blick geschenkt hatte. Man musste eine bestimmte Schraube lösen, dann glitt das ganze Möbel auf zwei kurzen Schienen beiseite und legte den kleinen Tresor frei.

»Achtzigtausend. Das genügt nicht, um die Bar wieder aufzubauen«, bemerkte Sebastiano.

»Ich hab noch Koks im Wert von zweihunderttausend.«

»Dann ruf Angelo an und sag ihm, er soll es herbringen und die Tageseinnahmen gleich mit.«

»Du bist wirklich unersättlich«, ächzte Ignazio.

Sebastiano verzog abfällig das Gesicht. »Und versuch ja nicht, mich mit irgendwelchen kodierten Sprüchen oder so zu verarschen.«

Es brauchte nur wenige Worte, um Angelo den Befehl zu übermitteln.

»So, jetzt müssen wir nur noch warten«, seufzte Ghisu und erhob sich vom Wohnzimmersofa.

»Wo gehst du hin?«

»Ich hole mir ein Bier. Willst du auch eins?«

»Warum nicht«, antwortete Sebastiano und folgte ihm, die Pistole auf seinen Rücken gerichtet. Eine überflüssige Vorsichtsmaßnahme. So, wie Ghisu humpelte, würde er mit seinem rechten Bein nicht weit kommen, das diente ihm nur noch dazu, aufrecht zu gehen.

Der Kühlschrank war mit Trinkwaren der besten Marken gefüllt. »Angeblich sind wir Sarden landesweit die größten Biertrinker«, meinte Sebastiano beiläufig.

»Hab ich auch gehört«, sagte Ghisu. Dann deutete er auf Sebastianos Bier: »Trinkst du aus der Flasche, weil du denkst, meine Gläser sind schmutzig, oder weil du sie mitnimmst, um keine Fingerabdrücke zu hinterlassen?«

»Keine Sorge, ich will dich nicht erschießen. Nur, wenn ihr mich dazu zwingt.«

Zehn Minuten darauf klingelte es. Trällernd kam Angelo die Treppe hoch und betrat das Wohnzimmer, ein breites Grinsen im Gesicht. Als er den blutigen Verband am Bein seines Bosses bemerkte, ließ er die Tasche mit dem Koks zu Boden fallen. »Scheiße, was ist passiert?«

Sebastiano trat hinter ihn und schoss ihm in den Kopf. Dann richtete er den Lauf auf Ignazio Ghisus Brust und drückte weitere dreimal ab.

Der scharfe Geruch des Kordits erfüllte den Raum. Einen Moment lang stand Sebastiano noch da, den Arm in Richtung Tür ausgestreckt, falls Angelo nicht allein gekommen sein sollte. In der Trommel befanden sich noch zwei Patronen. Beruhigt von der Stille steckte er sich die Pistole in den Gürtel, um die Hände frei zu haben. Es gab einiges zu tun. In Schränken und Schubladen suchte er Handtücher, Bettlaken, Abfallsäcke und Klebeband, um die beiden Leichen gut zu verpacken. Er hätte sie auch hier liegen lassen können; niemand würde ihn je mit dem Mord in Verbindung bringen. Von den beiden anderen Handlangern, Kevin und Alex, hatte er nichts zu befürchten, sie würden sich verkriechen und hoffen, dass ihnen dasselbe Schicksal erspart bliebe. Ohne Leichen allerdings gab es kein Verbrechen, und er musste auch der Tatsache Rechnung tragen, dass Cagliari nicht Mailand oder Neapel war. Zwei mit einer .38er abgeknallte Dealer würden Bullen und Staatsanwaltschaft ganz schön in Bewegung bringen, und die Presse würde Öl ins Feuer gießen. Besser, er ließ sie verschwinden und gewann etwas Zeit.

Sosehr er sich auch bemühte, die Spuren zu beseitigen, war dem Raum doch anzusehen, dass er der Schauplatz eines mittleren Gemetzels gewesen war. Nur verdachtsweise, aber immerhin. Ohne Leichen würden die Ermittlungen rasch ins Leere laufen. Bevor er wegging, dachte er noch daran, seine Fingerabdrücke von der Bierflasche zu wischen. Er zerrte die Bündel die Treppe hinunter und lud sie in den geräumigen Kofferraum von

Ghisus Wagen. Er troff vor Schweiß; seine Kleidung war verschmutzt und blutbefleckt. Also ging er wieder hoch und wusch sich im Bad, wobei er peinlich darauf achtete, keinerlei Spuren zu hinterlassen. Dann durchsuchte er den Kleiderschrank. Ghisu war nur ein wenig größer und breiter als er. Sebastiano entschied sich für eine dunkle Hose und ein ebensolches Hemd.

Während er zu dem Unterschlupf fuhr, dachte er darüber nach, dass er zum ersten Mal in seinem Leben getötet hatte. Er hoffte, es nie wieder tun zu müssen, empfand jedoch keinerlei Gewissensbisse. Diese Arschlöcher hatten ihm den Krieg erklärt, und er war genötigt gewesen, sich zu verteidigen.

Er machte sein Handy an und meldete sich bei Gloria. »Ciao, Amore«, begrüßte er sie.

Zwanzig Minuten später fiel das Licht der Scheinwerfer auf die Fassade des Hauses und auf Nina, die rauchend am Fenster stand.

»Ich hab mir so Sorgen gemacht, ich wäre fast wahnsinnig geworden!«

»Alles in Ordnung. Geh schlafen.«

»Was heißt ›alles in Ordnung‹?«

Statt einer Antwort holte Trincas Spitzhacke und Spaten aus der Fertigteilbox, die als Garage und Werkzeugschuppen diente. Sie begriff sofort, was er damit vorhatte. Das Blut gefror ihr in den Adern, aber sie sagte nichts und ging ins Haus zurück, wo sie sich hinlegte und hoffte, dass ihr Vergewaltiger möglichst bald unter der Erde war. Dann glitt sie in den Schlaf.

Sebastiano betrat Pierres Zimmer. »Wie geht's?«

»Besser. Ich glaube, ich werd mal versuchen aufzustehen.«

»Gute Idee.«

»Was ist in der Tasche da?«

»Geld und Koks.« Trincas verstaute die Tasche in einem alten

Schrank. »Ich sag dir das gleich, damit du nicht auf die Idee kommst, sie aufzumachen.«

»Klingt das wie eine Drohung, oder irre ich mich?«, fragte Nazzari pikiert.

»Du irrst dich nicht.«

Als Nina aufwachte, traf sie Pierre erstmals wieder auf zwei Beinen an. Er war noch schwach, und die Rippen taten ihm weh.

»Wo ist Sebastiano?«

»Nach Hause gefahren.«

Nina ging hinaus und suchte ihn ums Haus herum. In der Tat war er nicht mehr da. Im früheren Gemüsegarten bemerkte sie frisch aufgeworfene Erde, noch feucht vom gestrigen Regen. Plötzlich verspürte sie große Lust auf einen Espresso und auf die erste Zigarette des Tages.

Trincas hatte den BMW mit offenen Türen im Viertel Sant' Elia stehen lassen. Er konnte sicher sein, dass irgendwer sehr bald das Angebot annehmen würde. Er war nach Hause gegangen und hatte Ghisus Kleidungsstücke in den Müll geworfen. Jetzt stand er unter der Dusche. Gloria kam und seifte ihm den Rücken ein. Er ließ sie gewähren, bis er so weit war, dann drehte er sich um und drückte ihr sacht auf die Schultern, damit sie auf die Knie ging.

Die Mittagszeit war schon seit einer geraumen Weile vorüber, da weckte ihn das Läuten seines Handys.

»Du klingst wie einer, der am helllichten Tag pennt, während alle anderen schon die ganze Zeit am Arbeiten sind«, bemerkte Mario Cannas.

»Was willst du?«

»Hab ich dir doch gestern gesagt«, bellte der Ex-Gefängniswärter, »wir beide müssen uns mal miteinander unterhalten.«

»Stimmt ja. Hatte ich vergessen.«

»Idiot! In einer Stunde in dem Steakrestaurant im Einkaufszentrum bei dir um die Ecke. Und komm pünktlich.«

Sebastiano hatte nicht die geringste Lust, ihn zu treffen. Er war ein unbedeutendes Arschloch, eine Null, und er musste sich jetzt um Franchino und seinen glatzköpfigen Kollegen kümmern, denn Ghisu und Angelo zu töten hatte das Problem nur zur Hälfte gelöst. Und mit den beiden Söldnern würde er nicht so umspringen können. Er wollte gern weiterleben, und im Laufe der letzten vierundzwanzig Stunden hatte er schon genug riskiert. Außerdem hatte er jetzt ausreichend Geld, um die Bar wieder aufzubauen. Und er hatte Gloria.

Verdammt, was liebte er diese Frau!

Er parkte und suchte einen der vielen Eingänge zum Einkaufszentrum, das wie immer rappelvoll war. In einem Schaufenster bemerkte er ein handgeschriebenes Plakat, das für ein »Superangebot« warb. Der Preis war wirklich lächerlich, aber der angepriesene Artikel interessierte ihn nicht. Mario hingegen würde sich ganz sicher von solch einem Angebot in Versuchung führen lassen. Sebastiano verlangsamte den Schritt. Ab dem Augenblick, als Cannas dieses Treffen zum ersten Mal erwähnt hatte, dachte er, er könne es irgendwie für seine Zwecke nutzen, doch er war bislang nicht darauf gekommen, wie. Jetzt stand ihm alles glasklar vor Augen. Er drehte um und ging in den Laden.

»Du kommst zu spät«, fauchte Mario, frustriert über diesen Mangel an Respekt.

Sebastiano lächelte versöhnlich. »Doch nur fünf Minuten. Ich hab keinen Parkplatz gefunden.«

Cannas erhob die Hand, um die Aufmerksamkeit des Kellners zu erlangen. »Dann können wir ja jetzt bestellen.«

Der Ex-Gefängniswärter war kein großer Redner, und heute war er noch wortkarger als sonst. Er wartete, bis die Gläser vor ihnen standen, und trank einen großen Schluck, bevor er den Mund aufmachte: »Marco de Rossi, dein Barkeeper. Weißt du, was aus dem geworden ist?«

»Nein. Du müsstest das wissen, du und Tore habt mich schließlich gezwungen, ihn einzustellen.«

»Wir haben ihn aus den Augen verloren.«

»Dann weiß ich nicht, wie ich dir helfen soll.«

Cannas steckte sich ein Stück Brot in den Mund. »Und seine Freundin, diese Tierärztin?«

»Die waren befreundet? Ist mir nicht aufgefallen.«

»Seltsam, so ein aufmerksamer Typ wie du.«

Wütend schob Sebastiano seinen Teller von sich weg. »Was willst du eigentlich, verdammt nochmal? Ich versteh nicht, was das Ganze soll.«

»Diese beiden kennen niemanden außer dir.«

»Und?«

»Und du bist der Einzige, der ihnen geholfen haben kann unterzutauchen.«

Fast hätte Trincas sich an dem Stück argentinischem Rindfleisch verschluckt, das er gerade kaute. Während er es mit einem Schluck Bier hinunterspülte, wurde ihm klar, dass Tore und Mario offenbar ganz ausgezeichnet über die wichtigsten Aspekte des Anschlags auf seine Bar Bescheid wussten. Also beschloss er, ein falsches Spiel zu wagen.

»Ich kann mit dir über diese Sache nicht reden.«

»Wieso denn?«

»Befehl von Franchino.«

Cannas konnte seine Überraschung nicht verheimlichen. »Woher kennst du den auf einmal, verflucht?«

»Nicht den, die«, wagte er zu sagen, in der Hoffnung, dass Ghisu ihm keinen Mist erzählt hatte. »Sie sind zu zweit. Da ist auch noch der Glatzkopf.«

»Erzähl.«

»Das kann ich nicht. Und du weißt ja, wie man so sagt: Was du nicht weißt, macht dich nicht heiß.«

»Erzähl keinen Mist, ich weiß alles, was es zu wissen gibt!«, begehrte Mario auf.

»Das will ich doch stark bezweifeln«, provozierte ihn Trincas. »Diese beiden wirken, als würden sie sich auf einer höheren Ebene bewegen, du verstehst schon, oder?«

Mario war zornesrot. »Das sind Söldner«, zischte er. »Handlanger von einem gewissen Ceccarello, der hierhergekommen ist, um von Tore die Erlaubnis zu kriegen, dass er deinen Barkeeper um die Ecke bringt. Und mein Partner hat die Bedingung gestellt, dass die Tierärztin gleich mit beseitigt wird.«

»Warum denn das? Was hat die Ärmste euch getan?«

Der andere grinste: »Sie hat unserer Einladung nicht folgen wollen, sich zu verpissen.«

Sebastiano tat beeindruckt, und Cannas nutzte das, um ihn zu drängen. »Und jetzt sag mir, was Franchino gewollt hat.«

»Er wollte dasselbe wissen wie du: Wo Nina und Marco stecken.«

»Und was hast du ihm gesagt?«

Sebastiano holte tief Luft. Er wollte alles auf eine Karte setzen. »Dass ich es nicht weiß. Ich wollte erst Tore Moi um Rat fragen.«

»Warum das?«

»Die Information ist wertvoll.«

»Einen Scheißdreck ist sie wert für dich. Und das würde dir auch mein Partner sagen.«

»Das glaube ich eben nicht.«

»Sag mir, wo sie sich verstecken.«

»Ich will Geld dafür, und zwar jede Menge«, knurrte Sebastiano.

»Du armer Idiot.«

Trincas stand auf. »Sorg dafür, dass Tore mich anruft.«

»Setz dich wieder hin«, befahl Cannas. »Wir sind noch nicht fertig.«

Ohne weiter auf ihn zu achten, verließ Sebastiano das Lokal. Auf der Rolltreppe ins Parkhaus nahm er das kleine Aufnahmegerät, das er als Sonderangebot gekauft hatte, aus der Tasche, spulte zurück und drückte auf Play. Marios Stimme war ausgezeichnet zu verstehen. Was für eine Knalltüte.

Mario Cannas aß erst einmal sein Steak und die Fritten auf. Dann bestellte er ein Dessert, einen Kaffee und einen Schnaps. Er war wütend und verwirrt. Der Scheißkerl hatte ihm die Stirn geboten, und am Ende war wie immer alles in Tore Mois Händen geblieben. So langsam konnte er seinen Partner nicht mehr ertragen. Um die Wahrheit zu sagen, hatte er ihn schon seit einer Weile satt bis an den Rand. Nur war er ohne ihn nichts und niemand und würde bis an sein Lebensende Zellen auf- und zusperren. Er bestellte noch einen Schnaps.

Tore kam nur selten zum Mittagessen nach Hause. Im Flur begegnete er seiner Frau Anna Paola, die ins Fitnessstudio unterwegs war, wie er an der ultrateuren Markenkleidung erkannte.

»Ich hab nichts gekocht, ich hab ja nicht wissen können, dass du kommst«, sagte sie. »Jetzt gebe ich Rosario Bescheid, dass sie dir einen Teller Spaghetti macht.«

»Das kann die doch nicht. Wo die herkommt, wissen sie höchstens gerade mal, was Pasta überhaupt ist«, entgegnete er, vergrätzt durch die Aussicht, allein essen zu sollen. »Schick sie in den Laden, was holen. Vielleicht einen Fritto misto.«

Anna Paola zögerte auf der Schwelle, unsicher, ob sie die Philippina mit ihrem Mann allein lassen sollte. Tore konnte die Hände nicht bei sich behalten, und so gab es bei ihnen eine beträchtliche Fluktuation der Haushaltshilfen. Sie wusste wohl, dass ihr Mann seine Zudringlichkeiten nicht abstellen konnte, so dass die Hilfen sich immer wieder gezwungen sahen, auf diese an sich gute Stelle zu verzichten. Sie selbst war nicht besonders anspruchsvoll, anders als andere Damen des Hauses, die morgens mit dem einzigen Ziel aufstanden, die Bediensteten zu quälen. Sie betrachtete Rosario, die sich gerade andere Schuhe anzog. Mamma mia, was war die hässlich, wenn Tore der an die Wäsche gehen sollte, dann war er wirklich krank. Sie öffnete die Tür und ging grußlos hinaus.

Der Ex-Finanzpolizist hatte beim besten Willen nicht vor, Rosarios Hintern zu begrapschen, vor allem nicht an einem Tag, der von früh an voller positiver Nachrichten war. Er vertrieb sich die Wartezeit auf das Essen in seinem Lieblingssessel mit der Lektüre des Artikels, aufgrund dessen der Senator eine außerordentliche Sitzung einberufen hatte.

Der Titel ging quer über die Seite:

SALTO DI QUIRRA, ANTITERRORISMUS-ÜBUNGEN

Was ihn aber hatte aufmerken lassen, war nicht der Tonfall des Artikels, sondern dessen inhaltlicher Hintergrund.

Tore Moi las noch einmal, dass einer der Bürgermeisterkandidaten für Perdas de Fogu – es waren sieben an der Zahl (und er kicherte, denn nicht mal in Rom hatten sich so viele zur Wahl gestellt) – seinen Wahlkampf auf der Forderung aufgebaut hatte, die »römischen Politiker«, wie er in dem Artikel zitiert wurde, sollten dafür sorgen, dass die neue für das militärische Sperrgebiet geplante Start- Landebahn rasch gebaut wurde. Der Kandidat kannte keine Zweifel: »Wir müssen die Voraussetzungen dafür schaffen, dass unser Sardinien in die jüngst zwischen Piemont, Apulien und Kalabrien beschlossene Kooperation eingegliedert werden kann.« Der Kandidat mochte sich in wahlkämpferischen Versatzstücken ergehen, aber Moi interessierte sich mehr für den journalistischen Teil des Artikels. »Dank seiner europaweit konkurrenzfähigen technologischen und logistischen Ausstattung«, so hieß es da, getreulich von einer Presseerklärung abgeschrieben, »wurde das militärische Übungsgebiet Salto di Quirra von der NATO als Ort für den Fire Thunderball ausgewählt, eine militärische Übung zur Verbesserung und Intensivierung der Antiterror-Geheimdiensttätigkeit. Der elektronische Krieg gegen den Terrorismus wird in einem virtuellen Dreieck inszeniert: der Militärflughafen von Elmas, die Basis Decimomannu und der internationale Schießplatz Capo San Lorenzo.«

Sodann wurde Verschiedenes erläutert, das Tore Moi bereits vertraut war. In recht pädagogischem Tonfall erklärte der Artikel, dass das Sperrgebiet sich über zwölftausend Hektar auf dem Gelände der Provinz Ogliastra und der Subregion Sarrabus erstreckte und dort bereits früher hochtechnologische Waffen erprobt worden waren. Sodann verbreitete sich der Artikel über Details, die Moi eher vage bekannt waren. »Salto di Quirra ist das einzige Sperrgebiet auf italienischem Grund, das für elektronische Kriegsführung und für Tests von lasergesteuerten Bomben zugelassen ist, allerdings nur für solche ohne aktiven Sprengkopf.« Und hier wurde es für ihn allmählich interessant, vor allem eine Passage, in der es hieß: »Bei der Erprobung von Geschossen der neuen Generation sind die funkgesteuerten Ziele durch computergenerierte virtuelle Ziele ersetzt worden. So vermeidet man, dass bei den Tests kostspielige Zielkörper zerstört werden. Außerdem würden ihre Wracks sonst den Meeresboden kontaminieren.« Lächelnd las Tore Moi diesen letzten Satz noch einmal.

»Fire Thunderball basiert auf revolutionären Neuerungen der Geheimdiensttechnologie. Kein einziges Geschoss wird explodieren. Fortgeschrittene Technik erlaubt es, die Terroristen mit schmerzfreien Methoden aufzuspüren und zu verfolgen. Ein System, das unseren in verschiedenen Einsatzformen tätigen Soldaten mehr Sicherheit bietet und die Beteiligung der Zivilbevölkerung auf ein vertretbares Level senkt.«

Tore Moi verzog den Mund zu einer verächtlichen Grimasse. Es würde nie für die Zivilbevölkerung akzeptable Risiken geben. Aber er las weiter, ungestört in seiner Sicht der Dinge und höchst wenig interessiert an vier Beduinen und ihren Familien, die beim Einsatz irgendeines »sauberen« Waffensystems hatten daran glauben müssen. Der siebente Bürgermeisterkandidat war überzeugt, dass es noch früh genug sei, die im Bereich der Erprobung ferngesteuerter Flugkörper verlorene Zeit aufzuholen. »Das wird der Region neue Möglichkeiten und neue Arbeitsplätze bringen. Ich richte meinen Appell an die Landesregierung, an die Region Sardinien, an die Provinzen Cagliari und Ogliastra: Wir können und dürfen uns bei diesem wichtigen Thema nicht abhängen lassen. Wir müssen das Zentrum des Zivilschutzes für die Länder des Mittelmeerraums bilden. Das ist einfach unsere Pflicht als Bürger und als Europäer.«

»Genial«, so hatte Tore schon bei der ersten Lektüre gedacht; eine Einschätzung, die sämtliche Teilnehmer der Sitzung beim Senator teilten.

»Das«, so hatte der Politiker ausgerufen, »ist genau das Bild, das wir alle von dem Sperrgebiet zeichnen müssen! Eine für Verteidigung und Sicherheit nötige Einrichtung, die auf lange Sicht Investitionen und Beschäftigung garantiert, und die darüber hinaus innovativ ist im Hinblick auf Umweltschutztechnologien sowie für die Gesundheit von Militärs und Zivilbevölkerung. Und des gesamten Mittelmeerraums auch gleich! Bravo, ein guter Mann, der Junge. Lasst ihn wissen, dass er auf unsere Unterstützung zählen kann.«

»Na, wunderbar«, hatte der General sich angeschlossen: »Jetzt, wo die medizinisch-wissenschaftliche Forschung der Geheimhaltung unterliegt, die Region aus dem Spiel ist und die Erprobungen nur noch als virtuell verkauft werden, sind wir doch so gut wie unangreifbar.«

Man war derart gut gelaunt, dass man beschloss, gemeinsam mittagessen zu gehen. Nur Tore wurde nicht dazugebeten. Der Politiker hatte ihn mit der üblichen auserlesenen Freundlichkeit entlassen.

Tore Moi aß mit mäßigem Appetit, sah die Regionalnachrichten und gönnte sich eine Siesta. Er trank gerade einen Kaffee, als das Handy vibrierte, das er ausschließlich für die Kontakte zu seinem Partner nutzte.

»Was ist los?«

»Trincas weiß, wo die beiden sind, aber er will es nur dir sagen.«

Moi drückte den Anruf knurrend weg und rief Sebastiano von einem anderen Apparat an.

»Ich höre, du hast mir was zu sagen?«

»Nein. Ich hab was, das du dir anhören sollst.« Trincas drückte den Startknopf des Diktiergeräts.

Cannas' Stimme war zu hören: »… Ceccarello, der hierhergekommen ist, um von Tore die Erlaubnis zu kriegen, dass er deinen Barkeeper um die Ecke bringt. Und mein Partner hat die Bedingung gestellt, dass die Tierärztin gleich mit beseitigt wird …«

»Und, willst du den Rest auch noch hören?«, fragte Sebastiano.

Tore Moi sackte auf einen Sessel. »Mit dem Zeug kannst du doch gar nichts anfangen«, versuchte er mit einer gewissen Unbekümmertheit zu sagen. »Bei Gericht wischen sie sich damit den Arsch ab.«

»Denk bloß nicht, das wüsste ich nicht«, entgegnete Sebastiano hart. »Das kriegt die Presse, außerdem Ceccarello, dessen Tätigkeiten unser Pierre mir ausführlich geschildert hat, ich geb es Deidda, deinen Ex-Kollegen und dem Metzger bei dir an der Ecke, und dann wollen wir mal sehen, was passiert.«

»Was willst du?«

»So einiges, Tore«, lautete die Antwort. »Erstens vernichtest du den Mitschnitt, mit dem du mich die ganze Zeit erpresst hast. Und dann sind da der Deserteur und die Tierärztin, denen dieser Franchino auf den Fersen ist …«

»In Ordnung. Ich brauch ein bisschen Zeit, um das zu organisieren.«

Moi schlug die Hände vors Gesicht. Er konnte nicht glauben, dass Mario derart unendlich dämlich sein konnte. Trincas aber ebenso. Er hatte zu viel verlangt, wie alle Dilettanten. Er wusste eben nicht, dass so eine Erpressung ein empfindlicher, auf einfachen Regeln basierender Mechanismus ist, zu denen gehört, dass man den anderen nie in die Enge treiben darf, sonst fängt der an zu agieren, statt zu erdulden. Und das war jetzt der Fall. Er tätigte den einzigen jetzt sinnvollen Anruf: Franchino.

Nina hatte im Bad eine kleine Schere und eine Pinzette gefunden und sterilisierte sie in einem Töpfchen mit kochendem Wasser. Dann zog sie Pierre die Fäden an den Wunden im Gesicht.

»Verdammte Scheiße«, stammelte er, als er sich das erste Mal seit dem Überfall im Spiegel sah.

»Ja, du siehst dir wirklich nicht mehr ähnlich, aber warte, bis die Schwellungen ganz und gar abgeklungen sind.«

Nazzari seufzte. »Mir tut das alles so leid. Ich möchte wirklich, dass du verstehst: Es gab keinen anderen Ausweg, ich musste …«

»Ruhe«, gebot sie ihm. »Die einzige Art, mir zu zeigen, dass es dir wirklich leid tut, ist, dass du dich umbringst. Dann begrabe ich dich im Garten und verzeihe dir. Da du das nicht tun wirst, versuch wenigstens, keinen Scheiß zu reden.«

»Ich begreife dich nicht«, protestierte er. »Erst ziehst du mir die Fäden, und hinterher redest du so mit mir. Du weißt wohl nicht, wo dir der Kopf steht.«

»Ja, da hast du recht«, gab sie zu. »Aber mit gutem Grund. Ich bin gezwungen, mich hier mit dir zu verkriechen, um meine Haut zu retten, da ziehe ich dir die Fäden doch lieber selbst, als das in irgendeiner Untergrundpraxis machen zu lassen, wo jederzeit die Polizei auftauchen kann.«

Der Deserteur ging hinaus ins Freie. Dass sie so gar nicht begreifen konnte, was er getan hatte! Vielleicht brauchte sie einfach nur Zeit. Egal wie, jetzt war er endlich wieder auf den Beinen, und bald würde er nach Marseille abhauen.

Kurz darauf kam Sebastiano Trincas mit einem strahlenden Lächeln an, eine Packung Pasta und eine Flasche Champagner in der Hand. Er wäre sogar noch früher gekommen, hätte er nicht eine Runde bei den Handwerkern gemacht, die er mit dem Wiederaufbau seiner Bar beauftragen wollte. Er hatte beschlossen, dass sie jetzt einen anderen Namen tragen sollte. Er wollte sie *Gloria* nennen.

Er berichtete Nina und Pierre die letzten Neuigkeiten. Sie fiel ihm weinend um den Hals.

»Immer mit der Ruhe«, meinte er verlegen. »Wir müssen noch genau sehen, wie wir das alles regeln.«

»Ich will nur, dass mich niemand mehr verfolgt«, sagte Nazzari. »Mit allem anderen komme ich schon klar.«

Nina wischte sich die Tränen weg. »Und ich will mich nicht mehr verstecken«, murmelte sie. »Ich will zurück nach Belgien, und zwar sofort.«

»Da wirst du warten müssen, bis Tore Franchino und den anderen Söldner weggeschickt hat. Nur noch eine Frage von ein paar Tagen.«

»Dreizehn Euro fünfzig«, überlegte die Tierärztin. »Du hast diese Arschlöcher mit einem Diktiergerät zu dreizehn fünfzig drangekriegt.«

Mario holte Moi zu Hause ab.

»Mit Trincas alles in Ordnung?«, fragte er.

»Ja. Er hat mir die Adresse gegeben.«

»Und wo sind sie?«

»In einem Ferienhaus in Villasimius. Wir treffen uns jetzt mit Ceccarellos Leuten, dann bringst du sie hin.«

Der Treffpunkt befand sich in der Nähe des Bahnhofs. Franchino und Luca, der Neapolitaner, kamen in einem dicken Geländewagen.

»Die tun so, als wären sie immer noch im Irak«, kicherte Mario.

»Komm hinterher sofort zurück«, ermahnte ihn Tore, während er die Tür öffnete.

»Ich werd ja wohl nicht dableiben und zusehen, wie sie diese Arschlöcher fertigmachen.«

Moi befühlte seine Jacke. »Ich hab die Handys zu Hause gelassen. Leih mir deins.«

»Dann hab ich keins mehr.«

Moi streckte die geöffnete Hand aus. »In einer Stunde bist du doch wieder hier.«

»Und du bist mit dem Taxi in zehn Minuten zu Hause.«

»Diskutier nicht rum. Ich muss mit dem Senator reden.«

Mario gehorchte widerwillig. Wieder so eine Unverschämtheit seines Partners, aber er wehrte sich nicht, obwohl er das Recht dazu gehabt hätte. Außerdem brannte ihm die ganze Zeit eine Frage auf der Zunge.

»Was hat Trincas dafür gewollt?«

Der andere grinste. »Erst alles, bis ich dafür gesorgt habe, dass er den Schwanz einzieht.«

Cannas seufzte. »Ich hab schon befürchtet, ich könnte richtig Mist gebaut haben.«

»Nein, nein. Alles in Ordnung, gut hast du das gemacht«, tröstete ihn Moi und winkte zum Abschied.

Cannas legte den Gang ein und fuhr los, gefolgt von den beiden Söldnern.

Tore begab sich zu Fuß zum Büro der Fidelitas Security, die er vor sechs Jahren gegründet hatte. Endlich herrschten hinnehmbare Temperaturen, die zu einem Spaziergang einluden. Er ging vor dem Rathaus entlang, bog links Richtung Largo Carlo Felice ein, dann abermals links zum Corso Vittorio Emanuele.

Drei geschmackvoll restaurierte Räume im zweiten Stock eines alten Etagenwohnhauses, eingerichtet mit kalter Rationalität, jedes Möbelstück sorgfältig gewählt. Er hatte keine Kosten gescheut, obgleich er die Kunden woanders traf und außer seinem Partner und der Putzfrau niemand je einen Fuß hier hineinsetzte. Er hatte es sich selbst versprochen am Tag seines Abschieds von der Finanzpolizei: nie wieder heruntergekommene, verstaubte Büros. Er hatte immer die schlimmsten erwischt, überhaupt hatte er mit den Kollegen nie auf einem besonders guten Fuß gestanden, war ihnen nie nahegekommen. Ihnen galt er als Widerling, denn es war seine Aufgabe gewesen, unter den Arschlöchern aufzuräumen. Er war stets der beste Spürhund gewesen, egal, wer gerade das Kommando hatte. Der eine oder andere Chef hatte versucht, ihn am Arsch zu kriegen, indem er ihn in flagranti bei irgendwelchem Mist ertappte, aber er war immer schlauer gewesen.

Wenn er mehr als nur ein Unteroffizier gewesen wäre, hätte er hoch hinauskommen können, doch er stammte aus einer armen Familie aus der Provinz Oristano, die ihm nichts Besseres hatte bieten können. Wirklich mit seinem Leben zufrieden war er erst, seit er beschlossen hatte, sich selbständig zu machen. Alle großen Unternehmen hatten regelrechte interne Polizeikorps aufgebaut, mit einer Handlungsfreiheit, welche die vom Gesetz gegebenen Grenzen fröhlich missachtete. In Cagliari gab es solche Unternehmen nicht, aber es fehlte nicht an großen Geschäftsabschlüssen, und so leckte sich jeder die Finger nach Abhörprotokollen. Gewissen Staatsanwälten oder Angehörigen der Ordnungskräfte ging es da nicht anders, die ihm seit einiger Zeit ihre Bänder anvertrauten, damit er geeignete Fallen stellte.

Sobald er begonnen hatte, in diesen Regelkreisen zu arbeiten, gehörte er gleich ganz und gar dazu. Und er machte sofort Geld. Gutes Geld. Seine Töchter würden irgendwann reich sein, nur er war dazu verurteilt, es mit der Zurschaustellung des eigenen Wohlstands nicht zu weit zu treiben. Am liebsten hätte er dafür gesorgt, dass seine früheren Kollegen vor Neid platzten, aber er wollte zumindest das Risiko vermeiden, bei irgendeinem Verhör im Fleischwolf zu landen, einem jener Verhöre, aus denen man nicht heil herauskam, denn selbst wenn man seinen Hintern rettet, bleibt so viel verbrannte Erde zurück, dass hinterher kein Mensch mehr mit einem zu tun haben will.

Tore trat zu seinem Schreibtisch. Das Holz duftete nach Politur. Er setzte sich hin und sortierte die Unterlagen über seinen Partner. Die Fidelitas Security hatte Mario Cannas zu einem lächerlichen Eingangsgehalt angestellt, das jedoch genügte, um ihn für allerlei Kleinzeug als Verantwortlichen hinzustellen, falls es mal Scheiße regnen und es nötig werden würde, den Inhaber des Ladens nicht damit zu belasten. Die Entscheidung für Mario war nicht zufällig gewesen. Tore hatte lange genug bei der Polizei gearbeitet, um den idealen Untergebenen zu erkennen, die ausführende Hand ohne jede eigene Initiative, unfähig zu einer komplexen Sicht auf die Dinge. Dass Mario mit Trincas so einen Mist gebaut hatte, war ganz allein seine, Tores Schuld, das war ihm nur zu klar. Er hätte wissen müssen, dass der Moment gekommen war, ihm einen Bonus zukommen zu lassen – oder wenigstens so zu tun. Mittel und Wege dazu gab es genug, doch er hatte es immer wieder verschoben, und jetzt war ihm die Situation entglitten, und er würde die Notbremse ziehen müssen. Zum Glück war sein Gegner kein Profi. Sebastiano kam sich wer weiß wie schlau vor, aber in Sachen Erpressung war er ein blutiger Anfänger. Er fühlte sich auf der sicheren Seite und schon als Sieger, das wusste Tore, und auch, dass dies der größte Fehler war, den Trincas begehen konnte. Eine Erpressung ist erst dann geglückt, wenn man tatsächlich kassiert hat. Bis dahin muss man dem Gegner misstrauen und ihn noch mehr fürchten als zuvor.

Sebastiano Trincas war seelenruhig. Wie erstaunlich, dass es ihm gelungen war, ein Durcheinander zu regeln, aus dem er gefürchtet hatte, nie wieder herauszukommen. Aus Angst, sich irgendwo verrechnet oder einen Aspekt unberücksichtigt gelassen zu haben, hatte er jedes Detail mehrmals überdacht, aber die Antwort war immer dieselbe gewesen: Er hatte Tore Moi am

Arsch gekriegt. Und da fand Sebastiano, dass es nun an der Zeit war, zum Alltag zurückzukehren und sich seinem Geschäft zuzuwenden. Die neue Bar besetzte seine Gedanken schon vollständig. Dennoch ertappte er sich häufig bei dem Gedanken an den Doppelmord, den er begangen hatte. Egal, wie oft er sich auch sagte, er habe keine andere Wahl gehabt, es vertrieb nicht die Abfolge jener blutigen Bilder vor seinem inneren Auge, das Zucken, die im Sterben verzerrten Gesichter. Dass er sich auch noch um die Leichen hatte kümmern müssen, hatte die Erinnerung endgültig festgebrannt, da war er sicher. Abdrücken und weitergehen, das ist eine Sache, aber eine andere war es, leblose, schwere und blutverschmierte Leiber zu bewegen.

»Mörder sollten nie die Totengräber ihrer Opfer sein müssen«, so versuchte er, Herr über die konfusen Gedanken zu werden, die ihn bestürmten. Reine Weisheit. Er hätte sich gerne mit jemandem ausgesprochen, vielleicht mit Gloria. Das würde ihm sicher helfen. Trotzdem würden diese Bilder für immer in seinem Gedächtnis begraben sein – wie die beiden Toten im Garten bei dem Häuschen in Simbirizzi.

Sein Optimismus hatte auch Pierre und Nina angesteckt. Der Deserteur versuchte, wieder fit zu werden, und zwang sich zu essen, obwohl die eingeschlagenen Zähne wehtaten. Er hatte einen Beschluss gefasst: fliehen, sobald es ging, mit dem Geld, das Sebastiano in dem alten Schrank versteckt hatte. Das Koks wollte er ihm lassen; es war eine beträchtliche Menge und viel nützlicher als dieselbe Summe in Scheinen. Trincas musste nur eine Bar neu aufbauen, er hingegen sein ganzes Leben, und diese Tatsache genügte, um ihm Frieden mit dem Rest an Gewissen zu verschaffen, der noch übrig war. Trincas hatte ihm zwar das Leben gerettet, doch ohne das Geld würde Pierre recht schnell im

Knast landen. Das größte Risiko war, dass Trincas irgendwann ankam und die Tasche mitnahm. Dem musste er unbedingt zuvorkommen, und darum hatte er entschieden, am nächsten Morgen früh vor Tagesanbruch abzuhauen. Zum x-ten Mal betete er in Gedanken die Details seiner neuen Identität herunter.

Auch Nina hatte wichtige Beschlüsse gefasst. Sie wollte nach Belgien zurück und dort ihren Freundinnen alles erzählen. So würde sie sie verlieren und auch ihren Posten als Forscherin. Dann musste sie jemanden finden, der ihr dabei half, das Geschehene zu verarbeiten. Selber würde sie das nicht mehr schaffen. Sie sehnte sich nach Wärme, nach Geborgenheit. Sie sah ein großes, warmes Haus vor sich, mit bunten Stoffen eingerichtet, gedämpfte Lichter, wo ihr Schutz gewährt würde. Die Zornanfälle, die Gewalt, zu der sie selbst imstande gewesen war, erschreckten sie, ebenso wie der Hass, den sie auf diese grässlichen Männer empfand, vor allem auf Pierre. Würde sie jemals wieder einen Mann lieben können? Nicht unter diesen Lebensumständen, da musste sie erst einige Dinge ändern. Vielleicht war Belgien dafür gar nicht so geeignet, zu viele Erinnerungen, zu viele Verbindungen. Andererseits wäre es genauso wenig eine Lösung, zu ihrer Mutter nach Nuoro zurückzugehen, die sie brav in Löwen im Labor vermutete, statt in Villaputzu, wohin ihre Mutter, distanzlos wie gewohnt, sofort nachgekommen wäre, um das Leben ihrer Tochter in die Hand zu nehmen. Man hüte sich vor Witwen, die in ihrer Trauer nichts mit sich anzufangen wissen.

Nina hatte keine Gewissheiten mehr und nicht einmal die geringste Ahnung, ob sie weiterhin als Tierärztin arbeiten wollte. Ratlos zündete sie sich eine Zigarette an, um sich die Zeit zu vertreiben.

Am nächsten Morgen war in den Lokalnachrichten im Fernsehen von einem Verkehrsunfall die Rede, bei dem Mario Cannas, 42, umgekommen war. Er war zwischen Quartu Sant'Elena und Villasimius durch die Leitplanke gebrochen und in eine Schlucht gerast. Die Unfallursache sei noch unbekannt, Zeugen habe es keine gegeben.

Tore machte den Fernseher aus und ging sich umziehen. Er rief ein Taxi und fuhr zu Mario nach Hause, um der Witwe und der zwölfjährigen Tochter sein Beileid auszusprechen. Die Wohnung war voller Verwandter und naher Freunde. Er betrat sie zum ersten Mal und musste erst einem Dutzend Unbekannter die Hände schütteln und tröstende Worte zuflüstern, bevor er sich zu dem Sofa durchgearbeitet hatte, auf dem die Witwe saß. Er hatte sie bislang nur bei wenigen Gelegenheiten gesehen und war erstaunt, dass ihm vollkommen entgangen war, wie attraktiv sie war. Trotz des von der Trauer entstellten Gesichts brachte das schwarze Kleid ausgesprochen gefällige Formen und Kurven zur Geltung. Er umarmte sie lange.

»Ich werde mich um dich und die Kleine kümmern«, flüsterte er ihr ins Ohr.

Gegen Mittag traf er auf einem Parkplatz ein, wo ihn Franchino und Luca, der Neapolitaner, in einer dunklen Limousine erwarteten. Den Geländewagen hatten sie auf dem Land abgefackelt und das Wrack stehen lassen. Langsam rollte der Wagen an den Überresten von Trincas' Bar entlang. Sebastiano diskutierte gerade mit einem Maurer und wedelte ungeduldig mit den Armen.

»Fahr beim nächsten Kreisel zurück«, befahl er dem Neapolitaner, der hinterm Steuer saß.

Gloria öffnete die Tür, das Haar mit einem Schal locker aufgebunden, Gummihandschuhe bis zu den Ellbogen: »Entschuldigung, ich bin gerade beim Saubermachen.«

Selbstbewusst wedelte Tore ihr mit einem Ausweis vor der Nase herum. »Polizei«, murmelte er, während er, von den beiden Söldnern gefolgt, an ihr vorbei in die Wohnung trat.

Die Frau wurde blass. »Ist Sebastiano etwas passiert?«

Moi lächelte beruhigend. »Nein, Signora. Wir haben ihn gerade noch an der Bar mit den Maurern gesehen. Wir sind wegen Ihnen hier.«

»Wegen mir?«

»Ja. Wir müssen Sie bitten, meinen beiden Beamten aufs Revier zu folgen, für ein paar Fragen bezüglich des Brandes.«

»Aber ich weiß nichts. Ich habe geschlafen und ...«

»Eben. Es ist eine reine Formalität, die noch erledigt werden muss, damit wir die Akten schließen können.«

Gloria wickelte den Schal ab, zog die Handschuhe aus und ging ins Bad, um sich schnell zurechtzumachen.

»So, da bin ich.«

Tore deutete auf die Tür: »Dann los.«

»Ich muss noch abschließen.«

»Ich bleibe hier. Ich habe mit Ihrem Mann zu reden.«

Sie überdachte rasch die Situation. Irgendetwas stimmte hier nicht.

Doch sie hatte keine Zeit zum Nachdenken, denn Franchino und Luca fassten sie je unter einem Arm und schoben sie mit bedrohlicher Freundlichkeit Richtung Ausgang.

Tore Moi schloss die Tür, setzte sich im Wohnzimmer in einen Sessel und rief Sebastiano an. »Ich habe mit dir zu reden.«

»Wann und wo?«

»Jetzt. Bei dir zu Hause.«

Er beendete das Gespräch und legte die Beine auf den Couchtisch. Lange würde er nicht warten müssen.

Wütend stieß Sebastiano die Tür auf. Als er Tore Moi so bequem in seinem Lieblingssessel sah, verlor er die Beherrschung. »Du Arschgesicht, was hast du hier zu suchen!«

»Setz dich hin. Wir müssen uns unterhalten.«

»Du gibst mir keine Befehle mehr!«, schrie er. »Wo ist Gloria?«

»Nicht zu Hause.«

»Wo ist sie?«

»Sie dreht eine Runde mit Franchino und seinem Freund.«

Trincas wurde blass und rannte aus dem Zimmer, seine Frau rufend. Wenige Augenblicke danach kam er zurück, bewaffnet mit einem langen Küchenmesser. Er setzte Moi die scharfe Klinge an den Hals. »Ruf sie an. Sie sollen sofort herkommen.«

»Setz dich hin. Wir müssen uns unterhalten«, wiederholte Tore seelenruhig. »Sonst siehst du sie nicht wieder. Du weißt doch, wozu diese Leute in der Lage sind.«

Mit einem Grunzen nahm Sebastiano das Messer weg und setzte sich ebenfalls. »Du weißt nicht, wozu ich imstande bin.«

»Du machst mir keine Angst. Außerdem habe ich deine Frau.«

»Und ich habe die Aufnahme, mit der ich dich drankriegen kann.«

»Mario ist tot.«

»Was?«

»Verkehrsunfall.«

Das Messer glitt zu Boden. »Du hast deinen Partner umgebracht?«

»Ich sag dir doch: ein bedauerliches Unglück. Wer weiß, wie oft in Italien solche Unfälle die Dinge wieder ins Lot gebracht haben. Aber lass uns über Gloria reden, das ist wichtiger.«

»Ich gebe dir die Aufnahme. Ich habe keine Kopien gemacht, das schwöre ich.«

Moi grinste. Schon war Trincas in die Knie gezwungen. So lief es doch immer. Überraschung, Empörung, Wut, dann fügten sich alle und versuchten zu retten, was zu retten war. »Das reicht nicht«, entgegnete er. »Ich will auch den Deserteur und die Tierärztin.«

Sebastiano erstarrte. Noch so ein Schlag, und er würde in tausend Stücke zerspringen. Tore verlor keine Zeit: »Damit rettest du Gloria und dir das Leben. Wenn du nicht redest, können wir nicht verhandeln, und dann bist du mir zu nichts mehr nutze.«

Sebastiano hatte bereits beschlossen mitzuspielen. Nur sah er nicht mehr klar genug, um sich nicht noch weiter ausnutzen zu lassen. Das hatte Moi begriffen und half ihm dabei, die Tür zur Denunziation weit aufzustoßen. »Wir machen das so«, sagte er in vertraulichem Tonfall, »ihr verabredet euch irgendwo in der Öffentlichkeit, mitten unter Menschen. Sie übergeben dir Gloria und du ihnen einen Zettel mit der Adresse. Wenn du Zicken machst, stirbt sie, und eine Schießerei mitten in der Menge ist doch immer etwas Unschönes, oder?«

Trincas nickte besiegt.

»Jetzt gib mir die Kassette mit der Aufnahme.«

Sie war in einer Arzneimittelschachtel versteckt.

»Braver Junge.« Moi tätschelte ihm die Wange. »Ich helfe dir, deine Bar wieder aufzubauen. Ja, ich werde dein stiller Teilhaber.«

Der Austausch fand drei Stunden später in der Bar eines Veranstaltungszentrums statt. Gloria war leichenblass, die Augen gerötet. Luca, der Neapolitaner, hatte ihr den Arm um die Schultern gelegt, die andere Hand in einer Gürteltasche. Auch Franchino trug so eine Tasche. Er streckte die geöffnete Hand aus, und Sebastiano gab ihm ein doppelt gefaltetes Stück kariertes Papier. Es hatte nicht genügt, Straße und Hausnummer aufzuschreiben, er hatte eine ganze Anfahrtsskizze zeichnen müssen. Der Ex-Söldner warf einen Blick darauf, nickte zufrieden und drehte sich zu seinem Partner um, der die Frau losließ.

Gloria trat rasch zu ihrem Mann, der sie bei der Hand nahm. »Komm! Bloß weg hier.«

Bevor er in seinen Wagen stieg, drehte sich Trincas noch einmal kurz um und begegnete Lucas Blick. Ausdruckslos wie immer, als könnte nichts ihn rühren.

»Gloria, mein Gott, Gloria«, murmelte er, während er sie umarmte.

Sie machte sich los. »Fass mich nicht an!«, schrie sie. »Niemand soll mich anfassen!«

»Liebling, ich bin es doch.«

»Bleib mir bloß von der Pelle!«, rief sie noch lauter. »Wo bist du da reingeraten? Du hattest mir versprochen, mit dem Scheißzeug aufzuhören!«

»Das hat alles mit Koks nichts zu tun.«

»Ach, und warum haben die sich dann die ganze Zeit was reingezogen?«, stotterte sie.

»Haben sie dich gut behandelt?«

»Halt den Mund und bring mich endlich nach Hause.«

Trincas steckte den Schlüssel ins Zündschloss. Sobald sie sich beruhigt hatte, würde er ihr eine maßgeschneiderte Geschichte erzählen, und alles würde sich beruhigen. Er fühlte sich wie ausgeleert. Und wie ein Stück Scheiße. Bald würde er vier Leben auf dem Gewissen haben, zwei eigenhändig umgebracht, zwei durch Verrat. Jetzt, da seine Frau wieder frei war, hätte er versuchen können, Nina und Pierre zu retten. Der Gedanke daran berührte ihn kaum. Für ihn waren sie schon tot, zwei weitere Opfer bester Absichten. Am allermeisten entsetzte ihn die Aussicht, Tore Mois Sklave zu werden und ohnmächtig zusehen zu müssen, wie er allmonatlich sechzig, siebzig Prozent des Verdienstes abschöpfte.

Er drehte sich um und sah Gloria an. Gott, was liebte er diese Frau.

Nina trat vors Haus, um den Sonnenuntergang zu betrachten. Die Tage wurden immer kürzer. In Perdas de Fogu hatte sie manchmal zu dieser Tageszeit am Straßenrand angehalten und den Moment abgepasst, in dem »die Sonne in die Heia« geht, wie ihre Mutter es immer gesagt hatte, als Nina klein war. Sie ärgerte sich, dass Sebastiano nicht kam, um sie abzuholen. Am nächsten Tag würde sie weggehen, mit dem Bus nach Villaputzu fahren, die Koffer packen, das Haus dem Vermieter übergeben und dann in Cagliari ihren Geländewagen mit dem Ersatzschlüssel abholen, da das erste Schlüsselbund bei dem Brand verlorengegangen war. Später weiter nach Norden bis Porto Torres. Dort wollte sie die Fähre nach Genua nehmen. Und schließlich über die Autobahn nach Belgien. Sie wollte mit dem Auto ankommen. Fahren machte ihr Spaß und half beim Nachdenken. Vielleicht war es etwas riskant, ohne Trincas' Einwilligung von hier zu verschwinden, aber sie war überzeugt, dass ihr keine Gefahr drohte. Immerhin war sie in dem Ganzen nur eine Nebenfigur. Wenn sie Sardinien erst einmal hinter sich gelassen hatte, würden alle diese Maria Antonietta Tola, genannt Nina, bald vergessen.

Pierre nutzte ihre Abwesenheit, um das Geld aus Sebastianos Tasche zu holen und unter seinem Kissen zu verstecken. Er würde sich heute Nacht aus dem Staub machen. Mit dem ersten Postbus nach Palau und dann auf die Fähre nach Korsika. Einen weiteren Tag darauf würde er in Marseille eintreffen und als

Erstes einen Zahnarzt aufsuchen. Er ging in die Küche und setzte ein paar Nudeln fürs Abendessen auf. Gern hätte er Nina eingeladen, auch, um ihr irgendwie auf Wiedersehen zu sagen, aber das brachte er nicht fertig. Wiedersehen würde er sie ohnedies nicht.

Morgen beginnt ein neues Leben, dachte Pierre.

Morgen geht's nach Norden, dachte Nina.

Tore Moi verlor nicht gern Zeit. Er verpflichtete Anna Paola, Marios Witwe zu besuchen und ihr auch etwas zu essen mitzunehmen, während er selbst ins Büro zurückkehrte. Dort war er mit einem jungen Mann verabredet, der Mario ersetzen sollte – als Fahrer und als Mädchen für alles, ganz sicher nicht als Partner. Diesen Fehler würde er nicht noch einmal begehen. Er hieß Filippo Enna und war gegenwärtig arbeitslos, nachdem er seinen Job als Wachmann in Turin hingeschmissen hatte und nach Cagliari zurückgekehrt war, um seinem krebskranken Vater beizustehen. Tore hätte unter den ehemaligen Mitarbeitern der Ordnungskräfte Leute mit besseren Referenzen finden können, ihm war allerdings klar geworden, dass die Privatwirtschaft nicht mehr so viel im Staatsdienst ausgebildetes Personal beschäftigen sollte. Das waren zwei allzu verschiedene Sicherheitskonzepte, und es konnte kontraproduktiv sein, die Perspektiven zu vermischen.

Der Junge kam pünktlich, sein Händedruck war überzeugend. Erst bat er ihn, Platz zu nehmen, dann eröffnete er ihm, dass sein äußerst akkurat geschnittener Goatee ihm missfiel. »Sieht zu sehr nach Carabiniere aus«, meinte er.

»Kein Problem«, sagte Filippo. »Wenn die Bezahlung stimmt, färbe ich mir die Haare meinetwegen rosa.«

Moi grinste. Der Junge gefiel ihm. »Wie ist es dir in Turin ergangen?«

»Ganz gut.«

»Ich denke, es ist dir schlecht gegangen«, entgegnete Tore. »Nachts mit dem Auto herumfahren, um nach den Geschäften anderer zu schauen, das ist doch kein Leben.«

»Nein, das stimmt«, gab Filippo zu.

»Gefällt dir dieses Büro?«

»Es ist toll.«

»Was meinst du, wovon hab ich das bezahlt?«

»Ich glaube, darauf komme ich nie.«

»Weil du ein Anfänger bist. All das kostet ein Vermögen.« Moi rieb Daumen und Zeigefinger aneinander. »Und ich habe es in klingender Münze bezahlt. Verstehst du, was das bedeutet?«

»Ja.«

»Ich glaube kaum, aber ich weiß den Versuch zu schätzen. Wie viel hast du in Turin verdient?«

»Rund tausend.«

»Ich biete dir hundert Euro mehr. Probezeit drei Monate. Bist du dabei?«

»Klar.«

»Morgen früh muss ich zu einer Beerdigung. Hol mich um Viertel vor neun ab.«

Vom Navigationsgerät geleitet, gelangte Luca in die Nähe des Hauses, in dem Nina und Pierre sich versteckten. Seiner Berechnung nach konnte er nur noch fünfhundert Meter entfernt sein und zog es vor, den Rest zu Fuß zurückzulegen, nachdem er den Wagen hinter einer Ruine geparkt hatte. Ein paar ferne Hunde schlugen an, aber niemand würde darauf reagieren.

»Sie riechen den Wolf und haben Angst«, dachte der Söldner.

Er hatte gelernt, sich im Dunkeln lautlos zu bewegen, und gelangte zu einem Fenster, hinter dem er Nina beim Essen sah.

Durchs Badezimmerfenster beobachtete er Pierre, der sich gerade die Hände wusch.

Er streichelte das Springmesser, das er immer im Gürtel bei sich trug. Er hätte sofort hineingehen und beide ohne weitere Probleme kaltmachen können. Leider hatte Franchino, der Sack, beschlossen, dass sie erst gegen Morgen aktiv würden, da die beiden Pistolen mit Schalldämpfer, die er bestellt hatte, nicht vor Mitternacht im Hafen eintreffen würden. Darüber hatten sie eine heftige Auseinandersetzung gehabt.

»Was willst du mit zwei Schießeisen, wenn wir mit der Klinge arbeiten können?«, hatte er ihn verblüfft gefragt.

»Weil es nicht nötig ist, ein Duell zu riskieren.«

»Mit wem denn? Mit der Frau und diesem Idioten?«

»Vergiss nicht, der Idiot, wie du ihn nennst, war in Afghanistan.«

»Na und?«

»Und was?«

»Willst du sagen, vor so einem hast du Angst?«

»Angst habe ich vor niemandem.« Darauf legte Franchino Wert. »Ich sage nur, warum etwas riskieren, wenn wir ganz und gar auf Nummer sicher gehen können.«

»Ich hab dich beobachtet«, sagte der Neapolitaner. »Du taugst nur als Bodyguard. Sonnenbrille, schusssichere Weste, Kopfhörer und die Taschen voller Ersatzmagazine.«

»Heute Nacht zeige ich dir schon noch, wozu ich fähig bin.«

Luca reichte ihm das Messer an der Klinge. »Zeig's mir jetzt«, provozierte er ihn. »Lass uns hinfahren und die beiden Täubchen hopsnehmen.«

»Ich habe nein gesagt.«

»Ich hab's gewusst. Du bist ein Feigling.«

Franchino hätte ihn am liebsten angegriffen, wenn er es gewagt hätte. Aber trotz seiner Worte konnte man ihm die Angst an den Augen ablesen.

»Du gehst auf Erkundung«, befahl er. »Ich will da nicht ankommen und feststellen, dass dieser Trincas uns beschissen hat.«

Nein, er hatte die Wahrheit gesagt. Luca spähte noch einmal nach dem Deserteur und sah, wie er das Hemd hochzog und vorsichtig seine Rippen befühlte. Der war mehr als ungefährlich. Kurz war er versucht, auf Franchinos Befehle zu scheißen, aber zwei Erwägungen hielten ihn davon ab. Erstens war sein Partner ein Schaumschläger, der lieber abseits blieb und sich eins grinste; der sollte sich auch mal die Hände schmutzig machen. Außerdem brauchte er Arbeit im Ausland, fern von Haftbefehlen der Mafiajäger, und in diesen Kreisen hat man nicht lange Arbeit mit dem Ruf eines, der Scherereien macht.

Beim Rückweg sah er auf einmal Nina, die im offenen Fenster rauchte. Er stand exakt auf ihrer Höhe im Dunkeln, keine zwanzig Meter entfernt. Reglos wartet er, bis sie die Kippe wegwarf und hineinging. Dann ging auch er, sicher und gefährlich wie ein Wolf in der Nacht.

Pierre schrak hoch. Er hatte sich nur zum Schein hingelegt, war dann aber tief eingeschlafen. Wie spät mochte es sein? So geräuschlos wie möglich schlich er zur Toilette, wo er nach der Uhr schauen konnte, ohne Nina zu wecken. Zehn vor fünf. Zeit, sich aufzumachen, wenn er um sieben in der Stadt sein wollte. Er schlich zurück ins Zimmer, zog sich an, verteilte das Geld auf verschiedene Taschen und kletterte aus dem Fenster.

Kälte und Anspannung ließen ihn erschauern. Immer wieder drehte er sich auf der Schotterpiste um, voll Angst, im Haus könnte ein Licht angehen. Plötzlich sah er Scheinwerferlicht, das sich näherte, und sprang mit einem Satz ins Feld. Der Wagen fuhr an ihm vorbei und hielt nicht weit entfernt. Als die Türen sich öffneten und die Innenbeleuchtung anging, erkannte er die beiden Männer und wusste sofort, wer es war und was sie vorhatten. Er hörte sie flüstern und vor allem das typische Geräusch einer Automatikwaffe, die gerade durchgeladen wurde. Nina war geliefert. Keinerlei Möglichkeit, sie zu warnen. Nie im Leben könnte er vor den beiden dort sein, sie wecken und wegbringen. Er verfluchte Sebastiano Trincas, der sie verraten haben musste, und jetzt wollte er nur noch seine eigene Haut retten.

Luca ging sicheren Schritts auf das Haus zu, dicht von Franchino gefolgt. Der Neapolitaner hatte sich genau eingeprägt, wie er das Ziel unbemerkt erreichen konnte. Sie stiegen durchs Badezimmerfenster ein und durchsuchten das Haus. Nina bemerkte nichts davon, bis sich ihr etwas Kaltes, Hartes in die Wange bohrte. Sie schrak auf und blickte in das Licht zweier Stablampen. Ein Pistolenlauf zerkratzte ihr das Gesicht.

»Wo ist er?«, fragte Franchino.

»Wer?«, stotterte sie.

»Pierre Nazzari.«

Zum zweiten Mal in ihrem Leben wurde sie unsanft von Leuten aus dem Schlaf geholt, die entschlossen waren, ihr wehzutun. Es war unerträglich, und diesmal wusste sie, dass sie nicht mit den Misshandlungen durch ein brutales Vieh davonkommen würde. Da konnte sie ebenso gut einen großen Abgang hinlegen. Unterm Kissen lag das Küchenmesser, das sie gegen Ghisu eingesetzt hatte. Irgendwie schlief sie besser, wenn es in Reichweite war. Sie packte es und stach blindlings ins Dunkle. Die Söldner reagierten mit einer Feuergarbe.

»Verfluchte Schlampe«, zischte Franchino. »Um ein Haar hätte sie mich voll am Bauch erwischt.«

Doch das hörte Nina schon nicht mehr.

Ein paar Stunden lang suchten die Söldner die Umgebung nach Pierre ab. Vergeblich. Er hatte eine Abkürzung durch die Felder genommen und war über alle Berge.

»Der wird dich gesehen haben, als du zur Erkundung hier warst«, meinte Franchino heimtückisch.

»Versuch's gar nicht erst mit so einer Scheiße«, drohte Luca. »Der hatte ganz sicher geplant abzuhauen.«

»Dann haben wir hier nichts mehr verloren. Die Sonne steht schon hoch, nicht, dass wir bemerkt werden.«

Der Neapolitaner nickte wenig erfreut. Beruflicher Misserfolg gefiel ihm gar nicht, die Leute zerreißen sich nur das Maul darüber, und der Marktwert leidet.

Während Luca fuhr, warf Franchino Teile der Pistolen aus dem Fenster. Die letzte Patrone landete auf dem frischgemähten Gras entlang der Straße zum Flughafen.

Auch Sebastiano Trincas wunderte sich, dass er Pierre Nazzari nicht vorfand. Er war darauf gefasst, zwei Leichen beerdigen zu müssen, doch war es nur Nina, Gesicht und Brust von den Schüssen entstellt. Es erleichterte ihn kein bisschen, dass sein früherer Barkeeper sich hatte retten können: Er war Zeuge seines Verrats, und möglicherweise tauchte er eines Tages aus dem Nichts auf, um ihm die Rechnung zu präsentieren. Er konnte sich einfach keine weitere Sache mehr leisten, vor der er Angst haben musste, jetzt, da er alle Selbstachtung verloren hatte. Nicht so sehr, weil er durch Ninas Tod das Leben seiner Frau gerettet hatte, sondern angesichts der Perspektive, sein Leben lang Tore Moi in den Arsch kriechen zu müssen.

Er betrachtete die Fliegen, die über Ninas geronnenem Blut kreisten, und dachte, er hätte sich einen besseren Ausgang für sie alle gewünscht. Das war seine Art, sich von ihr zu verabschieden.

Er fühlte sich beschissen, als er den Graben erweiterte, den er für Ghisu und dessen Handlanger Angelo ausgehoben hatte. Ein Totengräber, das war er geworden. Wahrscheinlich hätte er versuchen sollen, die Leichen woanders loszuwerden, es war ja weder sicher noch besonders klug, sie hierzulassen, auf einem Grundstück, über das er »die Verfügungsgewalt« hatte, wie die Bullen sagen würden. Er legte die Hände auf dem Spatengriff übereinander, stützte sich mit dem Kinn darauf ab und blinzelte zum x-ten Mal zum Haus hinüber. Er hatte noch nicht den Mut gefunden, den verfluchten Schrank aufzumachen und nachzusehen, ob die Tasche mit dem Geld und dem Koks noch an Ort und Stelle war. Falls nicht, würde sein Leben noch einmal sehr viel düsterer aussehen. Andererseits, warum sollte sie dort sein? Pierre hatte zugesehen, als er sie in dem alten Schrank verstaute, und Pierre war mit Sicherheit nicht mit leeren Händen gegangen. Vielleicht hatten sich auch die beiden Besucher umgesehen und festgestellt, dass das Töten sich an diesem Tag besonders gelohnt hatte.

Er verharrte fast eine Viertelstunde. Er konnte sich nicht dazu durchringen. Noch vor zwei Tagen wäre er instinktiv sofort losgerannt, um nachzuschauen. Doch jetzt war alles anders. Er fürchtete, das Glück eines ganzen Lebens aufgebraucht zu haben.

Er hob das Kinn, löste die Hände vom Spaten und ging auf das Haus zu. Erst langsam, dann immer schneller. Das Geld war weg, verdammte Scheiße, aber das Koks, verdammte Scheiße, das war noch da. Alles. Sebastiano umarmte die Tasche. Vielleicht war nicht alles verloren.

Marios Witwe hieß Lisa, und im Gegensatz zu ihrem Mann war sie nicht dumm. Das war sie nie gewesen. Sie hatte immer gewusst, dass ihr Mann kein Genie war, aber sie hatte ihn geliebt und respektiert, wie sie es von ihrer Mutter, den Großmüttern und Tanten gelernt hatte. Das verdiente er. Er war immer liebevoll gewesen und hatte es ihr an nichts fehlen lassen. Nicht einmal an Vertraulichkeiten. Sie hatte ihrem Mann seit Jahren die Beichte abgenommen und ihm die Absolution erteilt, und so konnte sie mit Fug und Recht behaupten, Tore Moi sehr gut zu kennen. Sie würde die Rolle der Witwe des Idioten weiterspielen, ins Bett würde sie mit Tore jedoch nie und nimmer gehen, er widerte sie an, und Mario hatte so etwas Mieses nicht verdient. Sie musste noch viele Jahre lang für ihre Tochter sorgen, und Tore sollte sich großzügig zeigen. Sie hob den Blick und begegnete demjenigen des Ex-Finanzpolizisten, der ihn nicht einen Moment von ihr gewandt hatte. Er trug ordentlich auf, immerhin war er sicher, einer schwachen, verwirrten Frau gegenüberzustehen. Lisa hielt dem Blick stand, er sollte erkennen, dass sie begriffen hatte und dass sie nicht dumm war.

Anna Paola waren diese Blicke nicht entgangen, doch war sie keineswegs besorgt, im Gegenteil. Seit langem schon hoffte sie, Tore würde sich eine Geliebte suchen und sie in Ruhe lassen. Sie starrte Lisa an, bis die sie anschauen musste, und lächelte ihr zweideutig zu, ganz, als wäre sie hier nicht auf einer Beerdigung.

Tore hingegen hätte sich Sorgen machen müssen, doch war er der Ansicht, wenn der Verstorbene einem nicht so nah ist, dass man weinen muss, dann ist es bei einer Beerdigung besser, an etwas anderes zu denken, sonst gewinnt der Tod mit all seinen Fragen überhand über den Geist und macht einen grundlos traurig. Außerdem hatte er sich auf Lisa auch darum konzentriert, um nicht auf die Uhr zu sehen. In etwas weniger als einer Stunde sollte er den Senator und die anderen zu einer außerordentlichen Sitzung treffen. Am Vortag war ein Artikel erschienen, dessen Verfasser die Hypothese vertrat, verschiedene am Bau von Drohnen beteiligte Unternehmen wollten Salto di Quirra verlassen und die nötige Gastfreundschaft in anderen Regionen suchen.

Die Nachricht hatte alle in Panik versetzt. Die politischen Gegner hatten die Stimme erhoben, und der Senator hatte aus Rom per Telefon eilends die Sitzung anberaumt.

Tore sah zu, wie der Sarg an ihm vorübergetragen wurde, dann kondolierte er abermals und ging raschen Schritts hinaus, ohne die Grüße und ausgestreckten Hände der Gäste zu beachten. Diese Beerdigung hatte jetzt schon zu viel von seiner Zeit geraubt.

Das Flugzeug des Politikers hatte Verspätung, was dieser für einen kurzen Auftritt im Fernsehen nutzte, wie früher, wenn er zu Spätabendsendungen eingeladen worden war, bei denen die Gäste einer nach dem anderen im Sessel Platz nahmen.

»So besorgte Gesichter aber auch«, wollte er scherzen, als die Sitzung begann. »Habt ihr schon erfahren, dass ich nicht für die Region kandidiere?«

»Bring uns gute Nachrichten«, unterbrach ihn der Ex-General.

Der Senator setzte sich und goss sich ein Glas Wasser ein. »Das Leben ist hart«, meinte er philosophisch. »Vor allem in diesen Zeiten.«

»Und wie hart ist es für uns?«, fragte der für die öffentlichen Aufträge Verantwortliche.

»Hart genug«, antwortete er. »Wir sind nicht die Einzigen, die sich für diesen Bereich interessieren – aber wir verfügen als Einzige über ein Gelände, das so geeignet ist, dem Umweltaspekt der Tests standzuhalten.«

Er blickte alle an, bevor er fortfuhr: »Denn das ist unser Trumpf. Am Ende ist das das Einzige, was zählt. Das Einzige.«

EPILOG
DIE KREUZFAHRT DES DESERTEURS

Mit raschen, sicheren Bewegungen steckte Pierre Nazzari die Geldstücke in den Schlitz des Spielautomaten. Dann berührte er den Knopf mit dem Zeigefinger, und schon begrüßte eine fröhlich-metallische Stimme den neuen Spieler. Er winkte den philippinischen Kellner heran und bestellte etwas zu trinken. Erst danach konzentrierte er sich aufs Spiel. Er wollte zu gern wissen, warum das Glück ihm nicht mehr hold war. Bis vor zwei Tagen hatte er gewonnen, keine Riesenbeträge, aber er war nie mit leeren Händen in die Kabine zurückgekehrt. Er machte eine Pause, um einen Schluck Cognac zu trinken und die Rechnung mit seinem neuen Namen abzuzeichnen: Didier Vilrouge.

Pierre-Didier war das typische Opfer für so ein Kreuzfahrtschiff-Casino, obwohl er noch nie eines betreten hatte, auch nicht an Land. Er kannte sich damit so wenig aus, dass er nie gewagt hatte, sich einem Roulette- oder Baccarat-Tisch zu nähern, und sich mit den Einarmigen Banditen begnügte, bei denen er sich ebenso hochkomplizierten wie überflüssigen statistischen Berechnungen hingab. Niemand hatte ihm erklärt, dass die Bank immer gewinnt und die Automaten auf den Schiffen nur an den ersten Tagen ordentliche Gewinne ausspucken, damit die dummen Hähnchen sich für großartige, vom Glück begünstigte Spieler halten. Dann werden die Gewinne immer schmäler, und an den drei letzten Tagen werden die Hähnchen gerupft, bis sie alles verloren haben. Darauf fallen alle rein. Auch diejenigen, die mit dem einzigen Ziel an Bord kommen, irgendwann an den Pokertisch zu gelangen, denn das Spiel ist in den Casinos Europas verpönt und nur noch in internationalen Gewässern als Glücksspiel zu haben. Sie verbringen die Tage in der Kabine, in der sie sich sogar das Essen servieren lassen, und abends stellen sie sich im dunklen Anzug an die Kasse, um ihr Geld in Chips umzutauschen. Auf Schiffen kann man kein Geld leihen und auch keinen Versuch starten, das Glück zu erzwingen. Der Sicherheitsdienst ist äußerst effizient.

Dem rumänischen Ex-Polizisten, der den Sicherheitsdienst an Bord der Fähre von Pierre-Didier leitete, stand es groß und deutlich auf die Stirn geschrieben: Versucht es gar nicht erst. Auch das übrige Personal war nicht gerade wegen seiner Freundlichkeit beliebt. Sie waren höflich, verhehlten aber nicht, dass sie nur hier waren, um die Hähnchen zu rupfen. Am Ende einer jeden Kreuzfahrt gehen um die dreitausendachthundert Passagiere von Bord, ein paar Stunden später werden die Anker gelichtet, und das Schiff ist wieder voll belegt. Die Hähnchen unterteilen sich in verschiedene Kategorien und gesellschaftliche Klassen, alle aber tragen unterschiedslos dazu bei, Charterer und Reeder reich zu machen.

Monsieur Vilrouge blieb bis gegen neunzehn Uhr in seiner Kabine. Daraufhin begab er sich zum Abendessen und danach sofort zum Glücksspiel. Er teilte sich einen Tisch mit einem anderen Einzelreisenden, einem Ingenieur aus Brindisi, der in Bari zugestiegen war. Kaum dass seine Frau ihm eröffnet hatte, sie werde jetzt mit anwaltlicher Hilfe die Scheidung einreichen, war er ins Reisebüro gegangen und hatte ein Billett für das nächste Schiff gekauft. Er war nicht unsympathisch, redete aber ununterbrochen. An den ersten Abenden hatte er von Antipasto bis Dessert von seiner Frau erzählt. Er war todsicher, dass er ohne sie nicht würde leben können.

»Lieben Sie sie derart, dass Sie es für ganz ausgeschlossen halten, irgendwann im Leben eine andere Frau zu finden?«, hatte Didier ihn eines Abends gefragt, als es ihm reichte. »Wenn zum Beispiel heute Abend eine Hübsche ankommt und sich in Sie verliebt, tun Sie so, als würden Sie nichts bemerken, jammern alle Tage Ihrer Frau hinterher und holen sich in Gedanken an die verflossene Liebe einen runter?«

»Was erlauben Sie sich …«, hatte der andere gestottert.

»Antworten Sie!«

Das hatte er nicht getan, sondern Didier nur angestarrt und gesagt: »Man merkt, dass Sie erst fünfunddreißig sind.«

»Neununddreißig!«, hatte er ihn korrigiert.

Ab jenem Abend informierte ihn der Ingenieur zwar nicht mehr über seine intimen Zustände, monologisierte aber dennoch endlos weiter. An Themen fehlte es ihm nie, und sein Lieblingssujet war die Kreuzfahrt als solche.

»Wissen Sie, warum es derart modern ist, seine Ferien auf diesen Hundertzwölftausend-Tonnen-Monstern zu verbringen?«

Der Deserteur schüttelte den Kopf, damit er weiterreden konnte.

»Weil die Leute sich um nichts kümmern müssen. Sie brauchen nur an Bord zu gehen, für alles andere sorgt ›das Schiff‹.«

»Das kann man in einem Hotel doch auch haben«, hatte er entgegnet, um auch mal etwas zu sagen.

Fröhlich kicherte der Ingenieur, weil er ihn bei einem Irrtum ertappt hatte. »Falsch. ›Das Schiff‹ kümmert sich in der gesamten Zeit, während der Passagier an Bord ist, um dessen Sicherheit und Gesundheit.«

»Daran hatte ich tatsächlich nicht gedacht«, sagte er in der Hoffnung, der Ingenieur könnte das Thema wechseln.

Der kam aber erst richtig in Fahrt. »Wissen Sie, was das bedeutet? Das ist der Tod des Reisens als Abenteuer, als Entdeckung, als Chance, die Realitäten, die man bereist, zu verstehen. Hier ist alles vorgefertigt …«

Nazzari interessierte das herzlich wenig. Er spielte die Rolle des Spielers, um nicht aufzufallen, denn wer keine Neugier erregen will, fügt sich am besten in eine vorhandene Typologie ein. So hatten es ihm die Leute erklärt, die ihn an Bord gebracht hatten; er wäre von sich aus nie im Leben auf die Idee gekommen.

Die Nacht, in der er auf Sardinien aus diesem Haus geflohen war und Nina den beiden Killern überlassen hatte, war keine zwei Monate her. Er war nach Korsika gelangt, doch statt nach Marseille weiterzureisen, fuhr er nach Calvi und klopfte bei seinem alten Geschäftspartner an, dem Genueser Giacomo Queirolo, Leutnant im Zweiten Fallschirmjägerregiment der Fremdenlegion.

Ihm hatte der Deserteur alles erzählt. Darum war er zu ihm gegangen. Queirolo war der einzige Mensch, dem er solch eine Geschichte voller Verrat und Tod anvertrauen konnte. Pierre Nazzari war sicher, er würde nur dann Didier Vilrouge werden können, wenn er sich von dieser Last befreite. Der Leutnant hatte ihn aufgenommen und ihm zugehört. Und er hatte ihn zu einem Arzt und einem Zahnarzt gebracht.

Eines Abends schließlich hatte der Leutnant ihm einen wohlgekleideten Mann in den Sechzigern vorgestellt, begleitet von zwei gefährlich dreinblickenden Vierzigjährigen.

»Mein Name ist Goujon«, stellte der Mann sich in unbeholfenem Italienisch vor, »und ich jage jemanden, den Sie gut kennen: Michele Ceccarello.«

Pierre bedachte seinen Freund von der Fremdenlegion mit einem traurigen Seitenblick. »Werde ich jetzt seine Hure?«

Der Mann lachte auf. »Nein. Ich habe nur einen Vorschlag zu machen. Sie müssen ihn nicht annehmen …«

Und so war er nach Venedig zurückgekehrt, diesmal nicht, um nach Cagliari zu fliegen, sondern um auf ein riesiges Schiff voller Touristen zu gehen, das unter italienischer Flagge nach Griechenland und in die Türkei fahren sollte.

Pierre warf einen Blick in die Papiertüte, in der er die Spielchips aufbewahrte. Er verlor wirklich zu viel, bald hatte er die allabendliche Summe verbraucht, die die Franzosen ihm zur Verfügung stellten. In der Hoffnung, nicht allzu bald in die Kabine zurückzumüssen, wechselte er an einen anderen Automaten. Am nächsten Tag würde das Schiff in Istanbul haltmachen, und er sollte erstmals an Land gehen. Das einzige Mittel gegen die Anspannung war, sich in dem Lärm dieser Apparate zu verlieren, mit dem sie den Gewinn anzeigten. Nach ein paar Runden jedoch hatte er alles verloren, wie nicht anders zu erwarten. Er trank noch einen Cognac. Den letzten ließ er sich in der Kabine servieren, um nicht so allein mit der Einsamkeit zu sein.

Am nächsten Morgen saß er mit den anderen Passagieren, die eine Stadtrundfahrt gebucht hatten, in einem großen, auch als Theater fungierenden Saal. Er trug die Kleidung, die zu dem Anlass verteilt worden war, eine Jacke und eine beidseitig tragbare Mütze, auf dem Rücken einen kleinen Rucksack. Eine Betreuerin befestigte ihm eine selbstklebende Nummer auf der Brust und ermahnte ihn, sich nicht von der Gruppe zu entfernen.

Sie stiegen in einen Autobus, der sie in der Stadt herumfuhr. Der Reiseführer, ein Typ in den Fünfzigern, hatte in Italien studiert, war effektiv und gut vorbereitet und zeigte ihnen den ganzen Vormittag über Moscheen, Paläste und Museen. Der Deserteur trabte mit der Herde mit und tat beständig so, als interessiere ihn, was er durch das Busfenster sah.

Endlich durften sie in der Nähe des Großen Basars aussteigen, und der Reiseführer verkündete, sie hätten jetzt zwei Stunden »Freizeit«, um sich die Geschäfte anzusehen und Gewürze und Kunsthandwerk einzukaufen.

Nun verließ Pierre die Gruppe und begab sich in die inneren Gässchen, einem auswendiggelernten Weg folgend. Erst betrat er ein Geschäft mit Antiquitäten und kaufte dort einen Gegenstand aus dem frühen 20. Jahrhundert, dann einen Lampenladen, durch dessen Schaufenster man die Tischchen eines winzigen Cafés gut im Blick hatte. Er tat so, als interessiere er sich für die Reproduktion einer alten Öllampe, und begann einen umständlichen Feilschhandel, währenddessen er immer wieder in die Richtung schielte, die ihn wirklich interessierte.

Ceccarello kam nach ein paar Minuten, nahm Platz und bestellte etwas zu trinken. Ein Zufall war das nicht, man hatte ihn unter einem Vorwand zu dieser Stunde an diesen Ort gelockt. Pierre wusste nicht, wie das gelungen war, er wusste nur, dass Ceccarello sich für gewisse Geschäfte in der Türkei aufhielt, die dem französischen Geheimdienst ganz und gar nicht passten.

Er meinte, die Lampe gefalle ihm doch nicht genug, und verließ das Geschäft über eine Gasse, die parallel zu der mit dem Café verlief. Dann nahm er einen Quergang und lief etwas zurück, bis er sich im Rücken des Gesuchten befand. Er zog sich die Mütze tiefer in die Stirn, trat hinter Ceccarello und schob ihm das zuvor gekaufte alte Kurzbajonett zwischen die Nackenwirbel.

Ceccarello merkte nicht einmal mehr, dass er starb. Als sein Leib vom Stuhl glitt, war Pierre schon weit weg. Auf einem anderen zuvor detailliert gelernten Weg begab er sich zum Parkplatz der Autobusse und wartete bequem im Sitzen die Rückkehr der anderen Passagiere ab.

Die Angst, in einem türkischen Gefängnis zu landen, legte sich erst, als das Schiff in Richtung Griechenland wieder in See stach. Dort genoss der Deserteur die ganze Zeit über die Befriedigung, dass er dieses Stück Scheiße umgebracht hatte. Endlich würde niemand mehr ihm nachstellen.

Vier Tage später warf das Schiff Anker vor dem Hafen von Dubrovnik, den es wegen zu viel Tiefgangs nicht anlaufen konnte. Kleine Schiffe beförderten die Passagiere im Pendelverkehr ans Festland, und Pierre ging rasch zu dem Restaurant, in dem Zlatka arbeitete.

Sie lächelte, als sie ihn erblickte. »Du bist wieder da«, sagte sie gerührt. »Ich hatte schon Angst, du wärst wieder einmal einer von den Betrügern.«

»Vielleicht war ich das sogar. Aber ich habe mich verändert. Das hoffe ich jedenfalls.«

Die Frau verschwand hinter einer Tür, um gleich darauf mit einem Schlüsselbund aufzutauchen.

»Geh nach Hause und warte auf mich.«

Didier Vilrouge verließ das Restaurant und wanderte über vertraute Straßen. Die Abfahrt des Schiffs war für sechzehn Uhr vorgesehen, und es würde keine Minute auf ihn warten. Die große Ferienmaschinerie konnte sich keine Verspätungen leisten.

»Das militärische Sperrgebiet Poligono Interforze Salto di Quirra – Capo San Lorenzo, das größte Europas, erstreckt sich über 11 600 Hektar im Hinterland und 1100 Hektar entlang der sardischen Küste (San Lorenzo). Die für die Schifffahrt gefährlichen und daher untersagten Gewässer folgen ungefähr einer geraden Linie von Siniscola nach Castiadas über die Territorialgrenzen hinaus in internationale Gewässer und umfassen mehr als 2 800 000 Hektar, eine Fläche, größer als die von ganz Sardinien (23 821 km^2).«

Abgeordnetenkammer, Sitzung Nr. 466, 12/5/2004 – 4/10006.

Für weiterführende Informationen über Nanopartikel und die von ihnen ausgehende Gesundheitsgefährdung empfehlen wir die Lektüre von *Nanopathology. The Health Impact of Nanoparticles* (»Nanopathologie. Gesundheitliche Auswirkungen von Nanopartikeln«) von Antonietta M. Gatti (Università di Modena e Reggio Emilia) und Stefano Montanari (wissenschaftlicher Leiter des Labors Nanodiagnostics in Modena), Pan Stanford Publishing 2008. Außerdem, ebenfalls von Stefano Montanari, *Il girone delle polveri sottili. Viaggio nel mondo delle nanoparticelle tra inquinamento, patologie e interessi finanzari* (»Der Kreislauf des Feinstaubs. Reise in die Welt der Nanopartikel zwischen Umweltverschmutzung, Krankheitsbildern und Finanzinteressen«, Macro edizioni, 2008).

Weiteres vertiefendes Material zum militärischen Sperrgebiet Salto di Quirra ist in den »erhellenden« Berichten der verschiedenen Untersuchungskommissionen zu finden, die nacheinander aktiv waren. Auch im Internet gibt es ausführliches Material. Auf YouTube sind Dokumentarbeiträge, Reportagen und Interviews zu sehen.